오늘도 열리는 일기장

조영미 장편소설

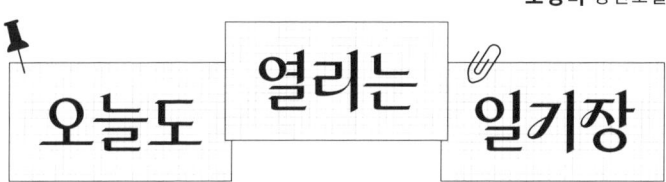
오늘도 열리는 일기장

|주|자음과모음

차례

오늘도 열리는 일기장
7

작가의 말
210

1

연우는 담임 선생님의 입 모양에 시선을 고정하고 있었다. 이렇게 잔소리가 길어질 때면 저 입을 틀어막는 상상을 하곤 했다. 입이 막힌 담임 선생님의 반응까지 떠올리자 피식 웃음이 나왔다. 드디어 기나긴 잔소리도 끝을 향해 가고 있었다.

"차렷, 선생님께 경례."

한참 전부터 한 발을 책상 바깥에 내놓고 달릴 채비를 하던 연우는 인사가 끝나자마자 전속력으로 교실 밖으로 달려 나갔다. 서은과 해리는 떠나는 연우의 뒷모습을 보고 서로 눈짓을 주고받으며 미소 지었다.

복도에 있던 아이들은 느릿느릿 저마다의 방향으로 향하고 있었다. 반짝이는 햇살과 부유하는 먼지가 아이들 사이를 부드럽게 떠다니고 있었다. 연우는 앞으로 나란히 자세로 머리를 휘날리며 아이들 사이를 비집고 나와 학교를 벗어났다.

　횡단보도 신호에 걸리고 나서야 멈춰 선 연우는 숨을 크게 몰아쉬었다. 세 시가 되기 전에 주문을 마쳐야 하는데, 지금 몇 분쯤 되었을까. 연우는 습관적으로 주머니에 손을 넣어 보았다가 깜짝 놀랐다.

　익숙한 물건이 만져지지 않았다. 몇 번이고 주머니를 뒤적거리던 연우는 주위 사람들의 시선은 아랑곳하지 않고 짜증 섞인 표정으로 투덜거렸다.

　하지만 지금 없어진 휴대폰보다 중요한 게 있다. 이 동네 최고 맛집의 가을맞이 이벤트. 오후 한 시부터 세 시까지 떡볶이가 1인분에 천 원! 이 집 손님 대부분은 학생들인데 6교시가 끝날 땐 이미 두 시 오십오 분이었다. 종례를 마치고 나면 대체로 세 시가 넘었고, 청소 당번까지 하는 날은 말할 것도 없었다.

　그러니까 한 마디로, 세 시까지 떡볶이집에 가는 건 사실상 불가능. 미션 임파서블.

　그럼에도 연우는 도전해 보기로 했다. 금요일 마지막 수업은 담임 선생님 과목이었다. 이런 날에는 6교시가 끝남과 동시에 종례까지 마친 적이 많으니 분식집까지 오 분 안에 갈 수 있다면 성공이었다.

　어디 누가 이기나 보자. 초조하게 신호가 바뀌길 기다리던 연우는 이를 악물고 달릴 준비를 했다. 곧 신호가 바뀌자마자 다시 양팔을 세차게 저으며 보폭을 넓혔다.

도착. 벽시계는 세 시가 되기 일 분 전을 가리키고 있었다. 연우는 숨을 가쁘게 쉬면서도 멈추지 않고 말을 이어 나갔다.

"떡볶이 3인분에 몽땅 사리 두 그릇이요. 이벤트 적용되는 거 맞죠?"

주인아주머니는 웃으며 고개를 끄덕였다.

주문을 마치고 나서야 자리에 앉은 연우는 목을 축이며 주위를 둘러봤다. 예상대로 아직 아무도 없었다.

이번 주, 아니 이번 달에 제일 잘한 일이 떡볶이 1인분을 천 원에 먹게 된 것이라는 생각이 들었다. 뿌듯함이 몰려왔다. 시원한 물을 들이켜자 속이 뻥 뚫리는 것 같았다.

뒤늦게 아이들이 하나둘 들어오기 시작했다. 하지만 이미 세 시가 넘어 있었고, 저 아이들은 이벤트에서 제외됐다. 연우는 혼자만 승자가 된 기분이었다.

얼마 뒤, 서은과 해리가 천천히 걸어 들어왔다. 해리는 들어오자마자 휴대폰 시계를 확인하더니 연우에게 물었다.

"성공?"

연우는 말없이 오케이 사인을 보였다.

"오오!"

감탄하는 서은과 함께 해리는 손뼉 치는 시늉을 했다. 휴대폰을 주머니에 넣은 해리가 친구들 앞에 수저를 놓아 주며 말했다.

"나간 지 오 분도 안 돼서 도착했단 말이지? 연우짱, 정말 대단해!"
해리의 칭찬에 연우의 어깨가 으쓱거렸다.
"오늘 연우가 절약한 돈은 자그마치……."
서은이 검지를 연우에게 향한 채 암산을 시작했다. 연우도 덩달아 손가락으로 서은을 가리키며 장난스럽게 입을 열었다.
"뚜둥! 뚜둥!"
연우와 서은은 눈을 마주치더니 누가 먼저랄 것 없이 깔깔 웃음을 터뜨렸다. 이내 주문한 메뉴가 테이블 한가득 나왔다.
해리가 연우 앞에 놓인 티슈를 향해 손을 뻗었을 때였다. 가까이에 있던 컵을 실수로 밀쳐 연우에게 물이 쏟아져 버렸다. 깜짝 놀란 연우가 자리에서 벌떡 일어났다. 해리도 곧바로 따라 일어나 어쩔 줄 몰라 했다.
"연우짱, 어떡해. 미안해! 진짜 미안해!"
연우가 티슈로 옷을 문지르면서 아무렇지 않게 말했다.
"괜찮아. 닦으면 되는걸 뭘."
연우의 대답에도 해리는 계속 걱정스러운 표정을 짓고 있었다. 서은이 해리의 손을 톡톡 치며 웃는 얼굴로 말했다.
"보니까 많이 안 젖었네. 앉아."
먼저 자리에 앉은 연우가 옷을 툭툭 털더니 보란 듯이 떡볶이 하나를 집어 먹었다.

"맞아. 물이라 금방 말라. 그리고 난 뭐든 용서할 수 있어."
"연우의 너그러움, 인정!"
서은이 연우를 향해 총 쏘는 시늉을 하며 장난스럽게 말했다. 그제야 해리도 한결 편안해진 표정이었다.
"이벤트라 그런지 오늘이 더 맛있는 것 같은데? 얼른 먹어 봐."
서은의 권유에 해리도 포크를 들고 합류했다. 떡볶이를 입에 넣은 셋은 서로 눈을 마주치고는 싱긋 미소 지었다.
"이건 정말 소울 푸드야. 떡볶이 없었으면 학교 못 다녔을걸?"
"최소 주 1회는 먹어 줘야 된다니까."
"많이 먹으면 먹을수록 좋다!"
연우의 말에 해리와 서은도 한마디씩 거들며 동의했다.
"우리 여태까지 같이 먹은 떡볶이 다 합치면 엄청 많겠지?"
서은의 물음에 연우와 해리는 적극적으로 고개를 끄덕였다. 그러고 나서 연우가 잠시 좌우를 살피더니 천천히 입을 열었다.
"근데, 오늘 박향기 진짜 짜증 나지 않았냐?"
한 손으로 휴대폰을 만지며 떡볶이를 먹고 있던 서은이 주위를 두리번거렸다. 해리는 고개를 끄덕이며 연우를 향해 웃어 보였다.
"내가 오늘 연우짱, 박향기 얘기할 줄 알았다."
"안 할 수가 있겠냐고. 아, 진짜 짜증 나. 왜 갈수록 더 재수 없지?"
"영어 시간에 김하준이랑 있었던 일 때문에 그러지?"

해리의 물음에 연우는 잔뜩 인상을 찌푸리고 불만을 드러냈다. 주변을 둘러보던 서은이 테이블 위를 손가락으로 톡톡 치더니 심각한 얼굴로 속삭이듯 말했다.

"왜 맛있는 떡볶이 먹다가 그런 얘기를 해? 누가 들으면 어쩌려고? 이름이라도 말하지 말든가."

연우는 잠시 시원한 물을 한 모금 들이켜고 나서 서은을 향해 입을 열었다.

"차라리 듣고 자기 태도를 좀 돌아봤으면 좋겠다. 이 남자, 저 남자 다 찔러 보더니 이젠 김하준한테까지. 어휴."

입술을 삐죽 내밀고 고개를 가로젓는 연우의 행동을 해리가 따라 하며 웃었다. 그러다가 코 밑에 사리로 나온 순대를 대고 킁킁거리기 시작했다.

"연우짱, 이건 레알 박향기 냄새다."

"이름을 잘못 지었다에 한 표. 향기가 아니라 냄새였어야 한다. 인정?"

"노 인정. 악취였어야 한다. 인정?"

연우와 해리가 대화를 주고받는 동안 서은의 얼굴에는 불편한 기색이 역력했다. 하지만 둘은 멈추지 않고 향기 험담을 이어 가며 깔깔 웃었다.

"무슨 전교 1등이라도 되는 줄 알아. 쉬는 시간에도 책 보고 앉아 있게."

"그 꼴이 좀 보기 싫긴 하지."
"지가 뭐라고 영어 원서까지 읽어? 영어를 잘하면 뭐 얼마나 한다고. 어쩌다 성적 좀 나왔나 보지?"
"시험 한 번 잘 봤다고 끝이 아닌데, 쯧쯧."
"그러니까. 뭔데, 나서서 김하준한테 영어 문제를 가르칠 수준까진 아니잖아?"
"연우짱, 혹시 이건 질투?"
"아니거든. 질투는 마땅한 상대에게만 한다. 인정?"

휴대폰을 만지작거리며 잠자코 듣고만 있던 서은이 입을 열었다. 서둘러 화제를 돌리려는 눈치였다.

"우리, 떡볶이 더 시킬 필요는 없겠지?"

연우와 해리는 서은을 향해 고개를 살짝 끄덕였다.

"나는 집에 떡볶이 좀 사가려고 하는데, 너네는?"
"봤지? 연우짱, 이건 정말 본받아야 해. 서은이는 진짜 효녀다, 효녀야."

서은은 손을 가로저으며 해리에게 말했다.

"아니, 저녁에 사촌 언니 온다고 해서 사다 주려고."
"아, 그 동갑내기 사촌 언니?"

연우의 물음에 서은은 맞다고 대답했다. 해리가 고개를 갸웃거리더니 서은의 어깨를 톡톡 치며 물었다.

"동갑인데 왜 언니라고 해?"

"언니는 1월 생이고 나는 12월 생이라 어릴 때부터 그냥 언니라고 불렀어."

"그래도 나이가 같은데 언니라는 말이 나와? 학년도 같을 거 아냐? 나 같으면 언니라고……."

"야! 뭘 복잡하게 생각해. 서은이는 원래 바른 소녀잖아."

연우는 해리의 의문이 길어지는 게 답답하다는 듯 말을 툭 잘랐다. 순간적으로 해리의 입술이 삐쭉거렸다.

서은이 자리에서 일어나 떡볶이를 포장 주문하고 있는 동안 연우는 또다시 향기 얘기를 꺼냈다. 해리도 이내 표정을 가다듬고 대화에 동참했다.

"근데 박향기 요즘 살 좀 빠진 것 같지 않아?"

"머리가 길어서 잠깐 그렇게 보일 뿐?"

해리의 반문에 연우는 배꼽을 잡고 웃었다. 해리는 연우의 눈 밑을 검지로 가리키며 콕콕 찌르는 손짓을 보냈다.

"연우짱, 보조개! 보조개 생겨라, 얍!"

연우는 이가 몽땅 드러나 보일 정도로 크게 웃고는 해리의 손짓에 따라 오른쪽 눈 밑을 손가락으로 꾹꾹 눌렀다. 그리고 주문을 외우듯이 말했다.

"김하준처럼 귀엽게. 왕커염, 커염."

포장된 떡볶이를 받아 든 서은이 못 말리겠다는 듯이 혀를 차며 고개를 절레절레 흔들었다.

연우는 하준의 매력을 이야기할 때마다 눈 밑 보조개를 빼놓지 않았다. 하준은 키가 큰 모범생이긴 하지만, 몸은 삐쩍 말랐고 장난기 많은 성격이었다. 그리 인기 있는 스타일은 아니었음에도 연우는 입학식에서 하준을 처음 봤을 때 바로 느낌이 왔다고 했다. 개구쟁이처럼 웃는 하준의 얼굴에서 보조개를 발견했을 때부터였다나.

"오 마이 갓! 지금 몇 시지?"

어느새 밖에는 저녁 노을이 내려 앉고 있었다. 연우의 갑작스러운 질문에 해리가 휴대폰 시계를 확인했다.

"여섯 시쯤 됐어. 왜?"

"내 정신 좀 봐. 쌤 퇴근했을까? 아악! 나 폰 찾으러 가야 되는데!"

"폰?"

"어어. 급하게 나오느라 그냥 나와 버렸어. 주말인데 폰 없이 어떻게 살아. 서은아, 쌤한테 전화해서 좀 물어봐 주라."

되묻는 서은을 향해 연우는 눈물 닦는 시늉을 하며 간절하게 부탁했다. 이런 연우의 모습을 해리 역시 안타깝게 바라보고 있었다. 이윽고 통화를 마친 서은은 연우를 향해 걱정스러운 얼굴로 말했다.

"쌤 퇴근하셨다는데? 학교 문 닫혀 있을 거래."

"말도 안 돼! 이까짓 떡볶이를 먹으려고 내 폰을……. 내 폰!"

연우는 괴롭다는 듯이 양손으로 머리를 부여잡았다. 서은이 연우의 어깨를 토닥이며 말했다.

"이번 기회에 폰 없이 좀 지내 봐. 겨우 이틀인데 뭘."

"그래, 연우짱. 티비랑 컴퓨터도 있으니까 괜찮을 거야."

옆에서 해리도 거들었다. 연우는 그런 서은과 해리를 못마땅하게 바라봤다. 이미 뱃속에 들어가 버린 달콤한 떡볶이도, 이벤트로 이런 실수를 하게 만든 떡볶이집 아주머니도 다 원망스러웠다. 시간 가는 줄 모르고 웃으며 떠들어 댔던 몇 분 전 자신의 모습마저도 후회됐다.

거실의 전등이 어둠을 몰아내자 연우는 다시 쓸쓸해졌다. 친구들과 헤어지고 집에 들어올 때마다 느끼는 감정이었.

국민 평수라고 불리는 넓이의 집이 대궐처럼 느껴질 때가 많았다. 차갑게 식어 버린 집 안에서 사람의 온기라곤 전혀 찾아볼 수 없었다.

책가방을 벗고 소파 위에 몸을 던졌다. 습관적으로 주머니에서 휴대폰을 꺼내려 했다. 아! 연우는 인상을 찡그리고 휴대폰을 안 가져왔다는 사실을 다시금 떠올렸다. 맞은편에 걸린 텔레비전을 향해 입을 열었다.

"하이로티, 티비 틀어 줘."

텔레비전은 아무 반응이 없었다.

"하이로티, 하이로티! 하이로티!"

연우의 짜증 가득한 목소리가 점점 커졌다. 여전히 반응 없는 텔레비전을 향해 원망의 눈길을 보내다가 결국 몸을 벌떡 일으켰다. 몇 번이나 같은 말을 외쳐 봐도 텔레비전은 켜지지 않았다.

"아, 정말 더럽게 못 알아듣네. 열받게."

텔레비전 켜기를 포기하고 다시 소파에 누웠다. 가만히 눈을 감았다.

오늘 학교에서 있었던 일들이 밀물처럼 몰려왔다. 그중에서 가장 선명하게 떠오르는 건 향기의 모습이었다.

쉬는 시간의 왁자지껄한 분위기 속에서 향기가 책을 보는 모습과 향기가 하준에게 영어 문장을 설명해 주는 모습이 떠오르자 이가 갈렸다. 언제부터였는지는 잘 모르겠다. 무슨 사건이 있었던 것도 아니다. 그냥 향기가 싫었다.

뒷담화는 하면 할수록 그 대상이 더 싫어지게 만드는 마법이 있었다. 처음엔 뒷담화를 아무렇지 않게 하는 아이들과 어울리려고 한두 마디 거들었을 뿐이었다.

하지만 이제는 어디에 가나 뒷담화를 주도하는 '뒷담화 여왕'이 되어 있었다. 특히 향기 얘기라면 누구에게도 뒤처지지 않았다. 그런데 뒷담화를 실컷 하고 온 날은 이상하게 기분이 찝찝했다.

연우는 휴대폰 없이 주말을 보내야 하는 사실을 다시금 떠올리며 두 눈을 질끈 감았다. 몸을 축 늘어뜨린 채 생각나는 대로 노래를 불렀다. 이 세상에 혼자만 외로이 남은 기분이었다.

그때 현관 도어 록을 누르는 소리가 들렸다. 연우는 후다닥 일어나 방으로 들어갔다. 휴대폰을 놓고 왔다고 말해 봐야 혼나기만 할 게 뻔했다. 문을 닫고 자는 척 침대에 누웠다.

발소리는 어김없이 연우의 방으로 향했다. 엄마는 문을 살짝 열더니 크지도 작지도 않은 목소리로 연우를 불렀다.

"연우야, 연우 벌써 자니?"

연우는 대답하지 않았지만 엄마는 망설이지 않고 입을 열었다.

"미리 말을 못 했는데 엄마가 내일 연찬회 가야 하거든? 자고 올 거야. 식탁에 카드 놓고 갈 테니까 주말 동안 알아서 챙겨 먹을 수 있지?"

엄마는 몇 걸음 더 다가오더니 연우의 얼굴을 빤히 내려다봤다. 연우는 엄마의 시선을 느끼면서도 계속 눈을 감고 있었다. 엄마는 잠시 후에 조용히 뒤돌아섰다.

연우는 슬쩍 눈을 떠 엄마의 뒷모습을 바라봤다. 축 처진 어깨와 무겁게 부은 종아리에서 엄마의 힘든 하루가 고스란히 느껴져 절로 미간이 찡그러졌다.

*

현관문이 닫히는 소리에 천천히 몸을 일으켰다. 연우는 머리가 헝클어진 채, 눈도 제대로 뜨지 못하고 식탁으로 향했다. 엄마는 말한 대로 식탁 위에 카드를 올려놓고 나갔다. 연우는 식탁 한 귀퉁이에 덩그러니 놓인 카드가 꼭 자기 모습 같다고 생각했다.

생수병 하나를 집어 들었다. 손가락에 힘을 주고 뚜껑을 돌렸지만 열리지 않았다. 다시 이를 악물고 시도해 봐도 마찬가지였다. 손가락에 발갛게 병뚜껑의 흔적이 남았다.

"아, 진짜!"

소리를 꽥 지른 연우는 익숙한 일인 듯 오른손에 고무장갑을 끼고 병뚜껑을 열었다. 물을 마시며 거실로 나와 벽시계를 확인했다.

"뭐야. 아직 일곱 시도 안 됐는데."

모처럼의 주말이건만 엄마는 평소보다 더 일찍 집을 나섰다. 올해 학교를 옮기고 본격적으로 승진 준비를 시작한 엄마는 눈코 뜰 새 없이 바빠졌다. 밤 열 시가 넘어 퇴근하는 일은 다반사였고 종종 주말에도 출근했다.

잔병치레가 많아 몸도 약하고 내성적인 성격에 하고 싶은 말을 속에만 담아 두는 엄마가 힘들어하는 건 당연했다. 퇴근한 엄마의 눈은 가끔 띵띵 부어 있기도 했다. 그런 엄마의 우울함이 자기한테 전염될까 봐 연우는 언제부턴가 엄마를 피하고 있었다.

원래 집안일에 별 흥미가 없었던 엄마는 승진을 준비하면서 살림에 더 소홀해졌다. 평일에는 집에서 전혀 식사를 하지 않았고 주말에는 주로 배달 음식으로 끼니를 때웠다. 그렇게 사는 엄마를 떠올릴 때마다 연우는 자기도 모르게 긴 한숨을 내뱉곤 한다.

혼자 밖에서 사 먹는 것에는 한계가 있었다. 패스트푸드를 좋아하긴 하지만 가끔은 여러 가지 반찬에 따뜻한 국이나 찌개가 나오는, 일명 '집밥'이라 불리는 백반이 몹시 먹고 싶었다.

하지만 왠지 한식당엔 어른들만 간다는 편견이 있어 아직 백반집에 발을 들여놓지 못했다.

발에 머리카락이 밟혔다. 연우는 소파에 앉아 반복해서 발을 움직였다. 머리카락이 바닥에 쌓여 있던 먼지와 함께 뭉쳐져 커다란 덩어리가 만들어졌다.

엄마는 청소 역시 뒷전이었다. 매일 아침 일찍 출근하고 밤늦게 퇴근하니까. 그리고 주말에도 이렇게 집을 비우니까 청소할 시간이 없는 것도 사실이다. 하지만 아무리 이해하려고 노력해 봐도 불만이 더 큰 건 어쩔 수 없었다.

옷을 갈아입고 청소를 해 볼까 싶어 옷장을 열었다. 그나마 엄마를 용서할 수 있는 건 옷 때문이었다. 엄마는 요리와 청소를 하지 않았지만 빨래만은 결코 미루지 않았다. 하루도 빠짐없이 매일, 새벽마다 다림질을 했다. 연우는 이것이 엄마가 자신을 사랑하는 방식이라 믿었다.

엄마는 옛날부터 항상 옷을 반듯하게 입고 다녀야 한다고 강조했는데 아직 그 신념을 버리지 않은 것 같았다. 덕분에 연우는 언제나 빳빳하게 다림질된 깨끗한 교복을 입고 학교에 갔다. 구깃구깃한 교복을 입은 아이들을 볼 때면 왠지 모를 우월감을 느끼기도 했다.

옷걸이에 걸린 운동복으로 갈아입고 청소를 시작했다. 노래를 흥얼거리며 청소기를 돌리자 머리카락과 먼지투성이였던 거실이 금세 깨끗해졌다. 거실 청소를 끝내고 안방에 들어가려고 했을 때였다.

연우가 벽시계를 힐끔거렸다. 주말인데 너무 이른 시간에 청소기를 돌리는 건 이웃에게 예의가 아닌 것 같았다. 청소기 전원을 끄고 조심조심 주방으로 발걸음을 돌렸다.

오늘은 또 무엇으로 배를 채울지 고민이었다. 어제는 친구들이랑 떡볶이를 먹었고, 엊그제는 혼자 햄버거 세트를 먹었다. 치킨도 며칠 전에 먹었고, 피자나 라면은 진작 질려 버렸다.

이런 날은 어이없게도 학교 가는 날이 그리웠다. 학교에 가면 먹고 싶었던 백반은 아니더라도, 최소한 따뜻한 밥과 국, 가짓수를 채운 반찬은 나올 테니까.

냉장고 앞에 섰다. 손잡이를 잡았을 때, 냉장고가 텅 비어 있으면 느낌부터 달랐다. 어릴 적, 냉장고 가득 먹을 게 있었을 때는 문을 열고 뭘 먹을지 고르며 한참 시간을 보내다가 엄마한테 혼나곤 했었다. 연우는 그때 그 냉장고 문의 감촉을 아직 기억한다.

"윽!"

야채 칸을 연 연우가 콩나물이 든 봉지를 꺼내 들었다. 갈색으로 변해 버린 콩나물에서 고린내가 훅 풍겼다. 봉지에는 두 달이나 지나 버린 소비기한이 선명하게 적혀 있었다.

상한 식재료를 확인하고 음식물쓰레기를 처리하는 일은 아무리 반복해도 결코 적응되지 않았다. 냄새가 새어 나오지 않도록 봉지 입구를 집게로 꽉 집어 임시 조치를 취하고 얼른 달걀 두 알을 꺼냈다.

가스레인지에 불을 켜고 프라이팬에 식용유를 둘렀다. 이제야 세상에 터져 나온 달걀노른자가 맥없이 퍼졌다. 가정 시간에 달걀의 신선도에 대해 배운 적이 있었다. 신선한 달걀은 노른자의 경계가 분명하다고 했는데, 이건 또 얼마나 오래된 달걀인지 알 만했다.

연우는 넓적하게 익힌 달걀프라이를 입안에 구겨 넣으며 텔레비전 예능 프로그램에서 시선을 떼지 않았다. 텔레비전 속 개그맨들의 말장난에 덩달아 웃다가, 치킨집에서 서비스로 받은 캔 콜라를 집어 들었다. 꿀떡꿀떡 넘어가는 탄산이 식도를 마구잡이로 자극했다.

벌떡 일어나 가슴을 마구 쳤다. 잠시 난리 블루스를 추고 나서 겨우 기침이 멎자 양손으로 얼굴을 감쌌다. 연우의 눈에는 눈물이 글썽거리고 있었다.

그러면서도 예능 프로그램에 나오는 시골 밥상을 보며 침을 꿀꺽 삼켰다. 배는 채워졌지만 여전히 많은 것들이 고팠다.

 연우는 원래 주말에도 혼자 집에 있는 날이 많았다. 매년 크리스마스도 혼자 보내야 했다. 하긴, 엄마와 있을 때에도 뭘 같이 하는 법은 없으니 그리 아쉬워할 건 아니었다.

 엄마는 언제나 다른 시간을 살고 있는 사람 같았다. 그러니까 엄마가 고픈 것이 아니다. 그리고 따뜻한 밥상 정도야 엄마 카드로 얼마든지 맛볼 수 있다.

 그럼에도 자꾸만 슬픈 마음이 올라오는 건 지금 휴대폰이 없기 때문이라 생각했다. 떡볶이와 휴대폰을 맞바꾼 어제의 시간이 후회스러웠다. 따지고 보면 떡볶이 할인이 그렇게 간절한 것도 아니었는데, 왜 그렇게 승부욕이 발동했던 걸까.

 연우는 눈물을 닦고 코를 한 번 훌쩍인 후 다짐했다. 주말 동안 진짜 잘 먹고 즐거운 시간을 보내겠다고.

 휴대폰도, 엄마도, 먹을 것도 없는 주말. 텔레비전 속 개그맨들은 먹음직스러운 음식을 앞에 두고 각종 드립을 늘어놓고 있었다. 이웃집에서 아침 식사를 준비하는지 음식 냄새가 바람을 타고 전해졌다. 된장찌개를 끓이고 있는 것 같았다.

 연우는 떠오르는 대로 노래를 흥얼거렸다.

 "세상에서 젤 불쌍한 사람. 그게 바로 나, 그게 바로 나라니까."

2

"어? 저기 김하준 아니야?"

해리의 손가락을 따라 길 건너로 시선을 옮겼다. 하준이 맞았다. 이어폰을 꽂고 고개를 사선 방향으로 든 하준은 입술을 오므리고 있었다. 휘파람을 부는 것 같았다. 연우는 곧 하준과 마주친다고 생각하니 가슴이 두근거렸다. 얼굴도 빨갛게 달아올랐다.

하준을 발견하기 전까지 연우는 해리에게 휴대폰 없이 보내야 했던 주말의 괴로움을 토로하고 있던 중이었다. 무슨 이야기를 해도 해리는 '나도 그렇다'며 공감해 줄 때가 많았다. 연우는 비슷한 점이 많은 해리가 좋았다.

연우와 해리는 지난해 영상 제작 동아리에서 처음 만났다. 유치원 때부터 알고 지낸 서은에 비하면 해리와 함께한 시간은 길지 않았지만 이제는 서은 못지않게 가까운 친구가 되었다.

"그래도 맛있는 거 많이 먹어서 좋았겠다."

엄마 카드로 사 먹은 음식들을 열거하자 해리는 진심으로 부럽다는 눈빛으로 말했다. 연우는 답답하다는 듯 해리의 어깨를 툭툭 쳤다.

"그게, 그런 게 아니라니까."

"어? 쌤! 안녕하세요!"

횡단보도에서 수학 선생님이 신호를 기다리고 있었다. 해리의 반가운 인사에 수학 선생님이 고개를 돌렸다. 선생님과 눈이 마주치자 연우는 마지못해 고개를 숙이고 작은 목소리로 인사했다.

"연우야, 너 지금 수학 놓치면 안 된다. 지난 시험 점수도 그렇고, 수업 시간에도 자꾸 졸고. 요즘 좀 해이해진 것 같은데 정신 차려야지."

수학 선생님은 기다렸다는 듯이 잔소리를 늘어놓았다. 연우는 고개를 푹 숙인 채 조용히 듣고만 있었다. 얼른 신호가 바뀌기만을 바랄 뿐이었다.

수학 선생님은 엄마의 동료 교사였다. 예전에 엄마와 같은 학교에서 근무할 때 꽤 가깝게 지냈다고 한다. 선생님 입장에서는 엄마와의 친분을 어떻게든 표현하고 싶은 거였겠지만 이런 식의 아는 척은 연우에게 언제나 부담만 됐다.

게다가 연우는 학생부장 선생님과도 안면이 있었다. 어릴 때 엄마가 일하는 교무실에 몇 번 가 본 적이 있었다. 그때 유난히 간식을 잘 챙겨 주던 분이 있었는데 그 사람이 지금 학생부장 선생님이라니! 연우는 깜짝 놀랐다.

엄마는 아는 선생님이 학생부장을 맡은 걸 알고는 귀에 딱지가 앉도록 신신당부했다. 절대 학생부에 갈 일을 만들지 말라고.

연우는 그 잔소리가 몹시도 듣기 싫었다. 아무런 의미도 없는 말이라 생각했다. 학생부에 갈 일은 죽어도 없을 거라 장담할 수 있었다. 초등학생 때 왕따를 당한 적은 있지만 누구에게 해를 가한 적은 한 번도 없었다.

최근 들어 뒷담화를 많이 했어도 그건 어디까지나 믿을 만한 친구들과 말 그대로 뒤에서 하는 말이니 그리 문제 되지 않을 거라고 믿었다. 뒷담화하는 걸로 학생부에 가야 한다면 학생부에 가지 않을 아이가 몇 명이나 있을까.

엄마가 선생님이어서 좋은 점은 하나도 없었다. 엄마가 집에서 공부를 가르쳐 주는 것도 아니었다. 엄마를 닮아 공부를 잘하는 것도 아니었다. 선생님들과 엄마가 알고 지내는 사이라고 해서 시험 문제를 알려 주는 것도 아니었고 수행평가 점수를 잘 주는 것도 아니었다.

잔소리와 부담만 더해질 뿐이었다. '엄마가 선생님인데 왜 그래'와 같은 시선이 느껴질 땐 그 어느 때보다 얼굴이 화끈거렸다.

"안녕!"

연우와 해리가 동시에 같은 방향으로 돌아봤다. 순간적으로 연우의 얼굴이 새빨개졌다. 연우는 달아오른 얼굴로 한 손을 하준이에게 흔들어 보였다. 하준이 입을 벌려 활짝 웃자 오른쪽 눈 밑에 보조개가 쏙 들어갔다.

"뒤에서 보니까 너네 둘, 꼭 쌍둥이 같다."

어깨 아래까지 기른 머리, 크지도 작지도 않은 키에 뚱뚱하지도 마르지도 않은 체격. 앞에 그물주머니가 달린 검정색 가방, 교복 위에 걸친 남색 후드 집업, 파란색 로고가 새겨진 흰색 운동화까지. 연우는 친해질수록 해리와 비슷한 점이 많아지는 게 신기할 따름이었다.

해리는 연우를 보며 싱긋 웃었다.

교실에 들어서자마자 연우는 휴대폰 가방이 있는 교탁으로 향했다. 가방을 몇 번 들춰 보고는 눈동자가 동그래졌다.

가방에 꽂혀 있어야 할 자신의 휴대폰이 없었다. 담임 선생님이 따로 챙겨 놓은 걸까. 고개를 갸웃거리며 시선을 돌리는데 자리에 앉아 팔짱을 끼고 있는 향기와 눈이 마주쳤다.

언제부턴가 여러 명 중에서도 향기가 먼저 보였다. 입술을 꽉 다물고 눈동자를 굴리며 무언가 골똘히 생각하고 있는 표정. 연우는 향기의 이런 표정이 제일 싫다고 말하곤 했다.

갑자기 향기가 자리에서 일어서더니 연우 쪽으로 다가왔다. 연우는 애써 외면했다. 향기가 연우 앞에서 걸음을 멈췄다. 연우가 고개를 다시 돌려 향기의 눈을 쳐다봤을 때였다.

착—

연우는 얼얼해진 뺨을 손바닥으로 감싸고 어이없다는 표정으로 향기를 바라봤다. 연우의 숨소리가 거칠어졌다. 무슨 말을 해야 할지 몰라 혼란스러웠다.

"너 이런 짓을 하고도 괜찮을 줄 알았냐?"

향기가 자신의 휴대폰을 연우 얼굴 앞에 들이밀고는 강한 어조로 말했다. 연우는 뺨이 화끈거려 눈물이 핑 돌았다. 너무 당황스러워서 아무런 생각도 들지 않았다. 겨우 입을 열었다.

"무슨 말이야?"

"이제 와서 발뺌하려고? 아니. 절대, 절대 용서 안 해. 학폭으로 신고했으니까 준비해라."

찬물을 끼얹은 듯 조용해진 교실에서 모두가 연우와 향기를 바라보고 있었다. 향기는 다시 휴대폰을 주머니에 넣더니 뒤로 돌아 자리로 향했다. 연우의 뺨에는 시뻘건 손자국이 아직 남아 있었다.

"야, 박향기! 무슨 말이냐니까?"

향기는 연우를 돌아보더니 괴로운 듯 얼굴을 잔뜩 찌푸렸다.

"장연우, 교무실로 오라는데?"

그때 교실에 들어온 반장이 연우를 부르며 분위기를 살폈다. 해리는 연우와 향기를 번갈아 바라보며 바쁘게 고개를 움직였다.

뒤늦게 등교한 서은 역시 어리둥절한 표정으로 주위를 두리번거리고 있었다.

연우는 뺨을 감싸고 교무실로 향했다.

"제가 뭘 했다고요?"
"연우 너 그렇게 안 봤는데, 정말 실망했다. 어떻게 그런 짓을 할 수가 있니?"
"아니, 저는 주말에 휴대폰이 없었어요. 떡볶이집 이벤트 때문에 서둘러 나가느라 폰도……."
"폰이 없었다고?"
"네, 진짜예요. 학교에서 폰을 안 가져갔어요."
"장연우! 증거가 뻔히 다 있는데 계속 발뺌할래? 이러는 거 너한테 하나도 도움 안 돼. 지금이라도 인정하고 향기한테 용서를 구해야지."
"아니, 제가 한 게 아니라니까요?"
"그럼 이건 뭔데? 네가 하는 말이, 지금 말이 된다고 생각해?"

연우가 억울함을 토로할수록 담임 선생님의 목소리도 점점 커졌다. 선생님이 보여 준 화면에는 입에 담기도 어려운 온갖 욕설과 비난이 가득했다.

메시지를 받은 사람은 향기였고, 보낸 사람은 연우였다. 연우는 벌게진 눈을 비비고 다시 보기를 반복했다. 여러 번 봐도 발신자는 명백히 연우였다. 눈물이 글썽글썽해진 연우는 입을 벌린 채 그저 고개를 가로저었다.

"이걸 듣고도 계속 아니라고 할 수 있는지 보자."

담임 선생님이 스피커 소리를 키우더니 재생 버튼을 눌렀다.

[오늘 박향기 진짜 짜증 나지 않았냐? 아 진짜 짜증 나. 왜 갈수록 더 재수 없지? 이 남자, 저 남자 다 찔러 보더니 이젠 김하준한테까지. 어휴. 이름을 잘못 지었다에 한 표. 향기가 아니라 냄새였어야 한다. 인정?]

분식집에서 나눈 대화가 교묘하게 편집되어 있었다. 서은과 해리의 목소리는 전혀 들리지 않았다. 연우의 말소리만 녹음된 파일이 향기에게 고스란히 전송된 것이다. 녹음 파일에 귀 기울이던 연우는 그만 고개를 푹 숙이고 말았다.

"이래도 자꾸 거짓말할래?"

"이건 친구들한테 말한 거고요. 박향기한테 직접 나쁜 말 한 적은 없어요. 정말이에요."

"장연우! 이 녹음 파일, 향기한테 받은 거야. 향기한테 보낸 사람은 연우, 너고."

"제가 이런 걸 박향기한테 왜 보내겠어요? 저 금요일에 학교에서 폰을 안 가져갔다니까요! 진짜예요! 해리랑 서은이한테 물어보시라고요. 서은이가 선생님한테 전화도 했잖아요!"

건너편에 앉은 수학 선생님이 심각한 표정으로 연우와 담임 선생님의 대화에 귀 기울이고 있었다. 연우의 눈에서 끊임없이 눈물이 흘러내렸다. 어떻게 말해도 담임 선생님은 연우의 결백을 믿어 주지 않을 것 같았다.

"학생부 가서 말해. 그렇게 계속 거짓말하든지 아니면 이제라도 솔직히 말하든지. 어떤 게 너한테 좋을지 그 정도는 생각할 수 있지?"

*

[나 주말에 폰 없었다고 말했어?]
[응응! 근데 좀 안 믿어 주는 눈치? 담임이 금욜에 폰 가방 확인했는데 암것도 없었다고 학생부에 말했대;;]
[서은이가 전화했을 때 내가 폰 놓고 갔다고 안 했나?]
[그냥 놓고 간 거 있다고만 하지 않았냐고 오히려 캐묻던데;;]
[그럼 너랑 서은이도 같이 거짓말한다고 생각하는 거?]
[나보고 계속 잘 생각해 보라고;;;;; 니가 나한테도 거짓말하는 거 아니냐고;; 우리도 잘못이 큰데 박향기가 봐주는 거라고 고마워하라는 식이더라;;;]

초조한 마음에 물어뜯기 시작한 손톱에서 어느새 피가 새어 나오고 있었다. 손톱 옆에 빨간 핏방울이 송골송골 맺혔다.

하루 종일 학생부 면담을 마치고 겨우 집에 도착했지만 마음은 여전히 불편했다. 배도 전혀 고프지 않았다. 핏방울을 입으로 빨며 해리와 톡을 주고받았다.

그때 도어 록 누르는 소리가 들렸다. 엄마가 벌써 왔을 리가! 학교에서 연락을 받고 서둘러 온 건가. 연우는 후다닥 방으로 들어가 문을 닫았다.

엄마의 발소리가 평소보다 더 둔탁하게 느껴졌다. 방문 앞에 선 엄마가 잠시 멈춰 심호흡을 하는 소리가 연우에게까지 들렸다.

이윽고 문이 열렸다. 연우와 엄마의 눈이 정면으로 마주쳤다. 겁에 질린 연우의 얼굴은 순간적으로 새하얘졌다. 연우는 핏기 없이 파래진 입술을 벌리고 엄마의 벌건 얼굴을 바라봤다.

"너 좀 나와 봐."

엄마 목소리에 힘이 하나도 없었다. 뒤돌아 나가는 엄마의 뒷모습이 금방이라도 폭삭 주저앉을 것만 같았다.

식탁에 앉은 엄마는 맞은편 연우의 얼굴을 한참이나 말없이 빤히 바라보기만 했다. 엄마의 입술에서 어떤 말이 나올까. 연우는 조마조마한 마음이었다. 지금까지 이렇게 큰 사고를 친 적이 없었기 때문에 엄마의 반응을 예상하기 어려웠다.

엄마가 무겁게 입을 열었다.

"내가, 너 그렇게 가르쳤니?"

연우는 엄마에게라도 진실을 말하려던 참이었다. 엄마가 믿고 도와준다면 선생님들의 오해도 풀 수 있을 것이다.

"금요일에 떡볶이집 이벤트 때문에 빨리 나오느라 폰을 안 갖고 나왔어. 괜히 혼나기만 할까 봐 말 안 했고. 주말에 엄마도 없는데 폰도 없어서 내가 얼마나 힘들었는지 알아?"

연우가 말을 이을수록 시무룩하게 처져 있던 엄마의 두 눈이 동그랗게 변했다.

"엄마한테까지 거짓말하려고?"

"거짓말 아니야! 진짜 폰 없었어. 주말 내내 나한테 연락 한번 안 했으니 모르지. 왜 다들 믿어 주지를 않아!"

연우의 외침에 엄마 목소리도 격하게 커졌다.

"너 폰 가지고 와 봐."

연우는 휴대폰을 가져와 엄마에게 자신 있게 건넸다. 누군가의 음모로 향기와의 채팅방이 생겼고 욕설이 전송되었지만 당당한 마음이었다. 하늘에 맹세할 수 있었다.

엄마의 뒤에 서서 같이 휴대폰 화면을 바라봤다. 엄마는 자연스럽게 암호를 풀었다. 초등학생 때 휴대폰을 선물로 주면서 엄마가 제시한 조건이 암호를 공유하는 것이었다.

휴대폰으로 절대 비밀을 만들지 말 것. 언제 누가 봐도 떳떳할 수 있게 사용할 것. 연우는 몇 년 전 엄마와 한 그 약속을 지키지 않은 적이 한 번도 없었다. 그렇기에 엄마는 물론 가까운 친구들에게도 아무렇지 않게 암호를 공유하고는 했다.

엄마와의 채팅방이 열렸다. 연우는 점점 크게 벌어지는 입을 손바닥으로 가렸다. '점심 먹으러 나올래?'라는 엄마의 물음에 답이 있었다. '아니'라는 대답에는 분명히 어제 날짜와 시간이 찍혀 있었다.

엄마의 손가락을 따라 지난 메시지가 화면에 나타났다. 엄마가 보낸 푸른 하늘 아래 가득한 핑크 뮬리 사진에는 '예쁘다'라는 답이 있었다. 엊그제 낮에 주고받은 메시지였다. 연우는 아무 말도 못 하고 고개만 가로저었다.

엄마는 향기와의 채팅 창을 열려고 하다가 손을 부들부들 떨며 두 눈을 꾹 감았다. 연우는 크게 벌어진 입을 서서히 움직이며 말했다.

"이거…… 무슨 음모 같은 거 아닐까?"

엄마는 아무 대답도 하지 않았다.

"아니, 나는 분명히 폰이 없었거든? 누가 나 엿 먹이려고 이런 것 같은데……. 나 진짜 아니야!"

엄마는 어지러운 듯 두 손으로 머리를 짚고 겨우 앉아 있었다.

"내가 박향기 싫어하는 건 사실이야. 뒷담화 많이 한 것도 사실이고! 그런데 엄마, 나 진짜 개한테 그런 톡은 안 보냈어……. 진짜야, 엄마. 생각해 봐. 내가 박향기한테 그런 걸 왜 보내?"

엄마가 크게 숨을 내뱉고 고개를 들었다.

"그럼 이건 누가 보냈다는 거야? 네 폰으로 보낸 건데? 너 이렇게 계속 거짓말하는 게 더 나쁘다는 거 몰라?"

잔뜩 충혈된 엄마의 눈을 본 순간, 연우는 이제 그 누구도 자신의 말을 믿어 주지 않을 거란 사실을 깨달았다. 눈물이 핑 돌았다.

다시 한 번 오해라고 말해 볼까, 생각했지만 아무런 의미가 없을 거란 느낌이 강했다. 아무도 믿어 주지 않는데 사실이니 거짓말이니 하는 것들이 다 무슨 소용이 있을까.

여기저기 다니며 뒷담화를 했다는 건 어떻게 해도 부정할 수 없는 사실이었다. 그건 백 번도 더 인정할 수 있었다. 하지만 향기한테 톡을 보낸 건 정말 아니었다. 여태까지 향기와 개인 채팅을 나눠 본 적이 단 한 번도 없었다. 더군다나 욕을? 왜? 도무지 이해가 되지 않았다.

엄마의 울음소리가 점점 커졌다. 눈물을 닦은 엄마가 시뻘게진 눈으로 연우 얼굴을 보며 말했다.

"너, 엄마가 학생부 갈 일 없게 하라고 얼마나 신신당부했어. 내가 너 때문에 그런 전화까지 받아야 돼? 너 때문에 이제 선생님들 앞에서 고개도 못 들고 다니게 생겼어! 애가 이런데 승진은 해서 뭐 하냐고 수군거리겠지."

연우는 손가락으로 눈물을 닦으며 잠자코 엄마 말에 귀 기울이고 있었다. 손톱 옆에 맺힌 핏방울이 눈물과 섞이면서 따끔거리는 통증이 전해졌다.

"너도 다 알잖아. 친구 욕하고 다니는 게 얼마나 나쁜 짓인지. 휴대폰 사 줄 때 엄마가 분명히 얘기했지! 내가 널 믿은 게 잘못이었니? 너 진짜 이제 어떡할 거야! 내 딸이 학폭 가해자라니 어떡할 거야! 생기부에도 다 남을 건데 어떡할 거냐고!"

엄마 말을 듣다 보니 이제야 비로소 무슨 일이 생겼는지 현실적으로 와닿는 느낌이 들었다. 학교 폭력 가해자란 선생님들 몰래 담배 피우고, 술 마시고, 도둑질하면서 교칙을 안 지키는 애들한테나 해당되는 말인 줄 알았다.

학폭 가해자가 된 자신을 바라보는 아이들의 눈빛을 상상하니 그저 막막했다. 연우는 고개를 푹 숙였다.

"아이고, 내 팔자야. 나한테는 이제 연우 너 하나밖에 없는데, 너까지 이렇게 나를 힘들게 하니. 나는 왜, 인생에서 힘들다는 건 다 겪어 봐야 하는 건데? 나도 좀 잘 살아 보고 싶었어. 그런데 도대체 왜!"

연우는 잠자코 엄마의 신세타령을 듣고 서 있었다. 아빠가 집을 나갔을 때 엄마가 울면서 하던 말들이 겹쳐 들리는 것 같았다. 그때 연우는 아빠를 대신해 엄마에게 평생 힘이 되어 주겠다고 다짐했다. 그리고 엄마를 힘들게 한 아빠를 진심으로 증오했다.

하지만 지금은 달랐다. 진실엔 조금도 관심 없으면서 오로지 자신의 힘든 점만 생각하는 엄마에게 크나큰 실망감을 느꼈다.

엄마는 유일하게 남은 가족인 삼촌과도 멀어진 상황이었다. 아빠와의 결혼 생활도 오래 유지하지 못했다. 같이 근무하는 선생님들과 가깝게 지내긴 해도 잠시뿐이었다. 게다가 소꿉친구도 없어 보였다.

그리고 세상에서 가장 소중하다고 말했던, 하나뿐인 딸에게도 이렇게 상처를 주다니. 어쩌면 엄마는 외톨이를 자처하며 살아가는 걸 수도 있겠다는 생각이 들었다.

연우는 조그맣게 입을 열었다.

"엄마는 나한테 조금도 관심이 없어."

연우의 말은 엄마의 울음소리에 묻혀 전해지지 않았다. 연우는 눈물을 삼키고 다시 중얼거렸다.

"항상 엄마 입장만 중요하지. 그래서 엄마는 누구에게도 사랑받지 못하는 게 아닐까……."

여전히 엄마는 연우의 말을 듣지 못하고 있었다.

"엄마는 그 누구에게도 사랑받지 못해……. 근데, 나도 그럴 것 같아……."

연우는 더 하고 싶은 말을 눈물과 함께 삼키면서 조용히 방으로 들어갔다.

3

 연우는 고무장갑 낀 손에 수세미를 쥐고 바닥을 박박 문질렀다. 신발을 신고 다니는 복도가 더러운 건 당연하건만, 여길 어떻게 더 깨끗하게 청소하라는 건지. 내뱉을 수 없는 불만을 속으로 삼킬 뿐이었다.

 모두가 하교하고 난 뒤의 텅 빈 학교. 종례를 마칠 때까지 꾸역꾸역 몇 시간을 버틴 후, 연우는 혼자 남아 온 학교를 청소해야 했다. 청소를 마치고 나면 창문 밖으로 어느새 짧아진 해가 뉘엿뉘엿 지고 있었다.

 퀴퀴한 먼지 냄새, 시커먼 구정물, 손끝에서부터 전해지는 저릿한 통증……. 차라리 이런 것들은 그저 침 삼키듯이 이겨 낼 수 있었다. 연우가 힘든 이유는 따로 있었다.

 세상에 오롯이 혼자 남은 기분. 그걸 감내하는 일은 여전히 어려왔다. 학교 폭력 가해자가 되고 반 친구들 모두 슬금슬금 연우를 피하는 눈치였다.

다행히 이전처럼 곁에 머물러 주는 해리와 서은이 있었지만 가끔은 이 둘마저 자신을 미심쩍어하는 것 같다는 의심이 들었다.

엄마에 대한 실망감은 말할 것도 없었다. 엄마의 마음도 얻지 못하는 존재가 다른 사람들에게 무얼 기대할 수 있을까.

눈물이 나올 것 같을 땐 청소에 더욱 집중했다. 연우는 수세미를 더 세게 문질렀다. 제대로 하지 않으면 어차피 다시 해야 하니까 더 힘들어질 것이다.

어깨가 아팠다. 쪼그려 앉아 있느라 다리도 아팠다. 하지만 향기한테 사과 편지를 쓸 때보다는 오히려 마음이 편한 것 같았다.

연우는 서면 사과와 교내 봉사, 그리고 접촉 및 협박, 보복 금지 처분을 받았다. 하룻밤을 꼬박 새워 울고 짜면서 겨우 사과 편지를 완성해 전달했고, 고무장갑과 함께한 교내 봉사도 드디어 오늘로 마지막이다.

이제 남은 건 향기한테 접촉하지 말라는 처분. 이건 애초에 징계처럼 느껴지지도 않았다. 그동안 뒷담화를 하고 다닌 건 충분히 반성하고 사과했지만 여전히 향기의 얼굴을 보면 깊은 곳에서부터 싫다는 마음이 슬금슬금 올라왔다. 절대로 향기에게 다가갈 일은 없을 것이다. 친해지라는 처분이 아닌 게 천만다행이었다.

"연우가 그동안 착하게 학교생활한 덕분에 이 정도로 마무리하자고 결론이 났어. 근데 폰 가지고 계속 거짓말하는 거, 그건 이제 좀 그만했으면 좋겠다. 선생님도 연우 변호하느라 정말 힘들었다니까."

담임 선생님의 말이 귓가에 맴돌았다. 주말에 휴대폰이 없었다는 말은 결국 아무도 믿어 주지 않았다. 해리와 서은 역시 같이 거짓말을 한다며 혼만 났다고 했다.

그저 받아들이는 수밖에 없었다. 향기에 대한 뒷담화를 하고 다니고 주말에 카톡으로 온갖 욕설을 보냈다는 것이 학교 폭력 징계 회의를 통해 정리된 연우의 잘못이었다.

일주일 내내 매서운 눈빛으로 먼지 있는 곳만 콕콕 집어내던 학생부 선생님이 다가왔다. 반질반질 빛나는 복도 바닥을 손으로 쓸어 보더니 만족스러운 표정을 지었다.

"고생했다. 많이 힘들었지? 우리 다시는 만나지 말자. 거 참, 충분히 괜찮은 녀석인데 왜 그랬을까."

웃음 따위 잊고 지내는 시간이 길어지고 있었다. 요즘은 어떤 말을 들어도 웃을 수 없었다. 연우는 무표정한 얼굴로 허리를 굽혀 최대한 공손하게 인사를 하고는 뒤돌아섰다.

어느새 복도에는 어둠이 스며들고 있었다. 조심스럽게 한 계단씩 내려가는데 앞에서 누가 쳐다보는 느낌이 들었다. 무심코 고개를 들었다가 발을 헛디딜 뻔하고는 작게 비명을 질렀다.

거울에 보이는 건 연우의 모습밖에 없었다. 오싹함에 온 신경이 곤두서는 기분이었다.

주머니에서 휴대폰을 꺼내 시간을 확인하고 나서 발걸음을 서둘렀다. 선선한 저녁 공기가 으스스하게 느껴져 후드 집업의 소매를 손끝까지 끄집어 내리고 몸을 잔뜩 움츠렸다.

떡볶이집을 지나쳤다. 오늘도 어김없이 빨간 떡볶이가 보글보글 끓으며 매콤하면서도 달콤한 냄새를 풍기고 있었다. 하지만 먹고 싶지 않았다. 앞으로 오랫동안 떡볶이를 먹지 못할 것 같다는 예감이 들었다.

연우는 종종 생각하고는 한다. 그날 떡볶이를 먹지 않았다면, 그날 휴대폰을 챙겨 나오기만 했다면 학교 폭력 가해자가 되지 않았을 텐데. 그럼 이렇게 늦게까지 혼자 청소할 일도 없었을 텐데. 친구들과 이전처럼 잘 지낼 수 있었을 텐데. 엄마가 나를 사랑하고 믿어 줄 거라는 착각을 계속 갖고 살 수 있었을 텐데……. 또, 이렇게 교육을 받으러 가지 않아도 될 텐데.

시린 눈가에 조그맣게 물방울이 맺혔다. 지하철 안에서 어제 저녁에 엄마가 준 메모지를 다시 펴 봤다. 고개를 들어 지하철 노선도를 바라봤다. 축 늘어뜨린 손가락을 하나씩 접어 가며 남은 정거장 수를 세었다.

이번 사건을 계기로 좋은 점도 하나 있었다. 초등학생 때부터 어쩔 수 없이 다니던 학원을 드디어 끊을 수 있게 된 것이다. 연우는 성적이 반 평균 밑으로 내려간 적은 없었지만 그렇다고 뛰어난 학생은 아니었다.

학업에 의욕도 크지 않았고 확실한 진로 희망도 없었다. 그럼에도 엄마는 학원을 꼭 다녀야 한다는 신념을 갖고 있었다. 연우는 학원 다니는 것과 성적이 크게 관계가 있는 것 같지 않다고 운을 띄워 보기도 했지만 고집 부릴 수는 없었다. 어려서부터 엄마가 어떤 기대를 해 왔는지 누구보다 잘 알고 있었으니까.

그랬던 엄마가 학원을 끊으라고 말했다. 대신 매주 인성 교육을 받아야 한다는 조건이었다. 엄마의 입에서 '공부는 못해도 괜찮으니'라는 말을 처음 듣는 순간, 연우는 가슴이 쿵 내려앉는 것 같았다. 꿈에도 상상해 보지 못한 말이기 때문이다.

그런 연우에게 엄마는 사람이 먼저 되었으면 좋겠다고 말하며 주소가 적힌 메모지를 건넸다. 연우는 인성마저도 학원에 다녀야 기를 수 있는 건지 반문하고 싶었지만, 엄마의 충혈된 눈이 자꾸만 어른거려 아무 말도 할 수 없었다. 이마저 거절한다면 엄마와의 관계는 정말 돌이킬 수 없을 것만 같았.

인성 교육을 하는 학원이라……. 어차피 다닐 학원이라면 영어 학원이나 수학 학원보다 나은 듯했다. 지하철이 덜컹거리며 새까만 터널 속을 달리는 게 마치 자신의 처지나 다름없다는 생각과 함께 연우는 주머니 속 휴대폰을 만지작거렸다.

지하철 출구를 나오자 빌딩 숲이 이어졌다. 화려한 간판 조명

들 때문에 거리 전체가 환하게 느껴졌다. 고개를 들어 건물의 높이를 가늠해 보려다가 아찔한 느낌이 들어 그만두었다. 엄마가 준 메모로는 위치를 찾기 어려워 휴대폰으로 지도 앱을 켰다.

주소를 입력하자 '늘행복소망복지관'이라는 장소명이 검색됐다. 연우의 한쪽 입꼬리가 슬쩍 올라갔다 내려왔다. 늘 행복했으면 좋겠다는 건 누구에게나 그저 소망일 뿐이지 않을까. 세상에 행복하기만 한 인생은 없을 텐데.

지도에서 안내하는 대로 높은 유리 빌딩의 뒤쪽으로 향했다. 대로변에서 한 골목 안으로 들어왔을 뿐인데 차 소리가 거의 들리지 않았다. 확연히 낮아진 건물의 높이만큼 어둠도 무겁게 내려앉았다.

연우는 휴대폰 화면을 들어 골목의 모습과 비교했다. 안내 경로가 꼬불꼬불하게 이어진 모습을 보고는 한숨을 푹 내쉬었다.

모퉁이에 '이동 상회'라고 쓰인 간판이 보였다. 얼마나 오래된 간판인지 색이 잔뜩 바랬고 받침 글자는 하나 떨어져 있었다. 멀리서 보면 '이동 사회'로 보일 것 같았다. 문 옆에 있는 아이스크림 냉장고는 뿌연 먼지가 잔뜩 쌓여 두꺼운 자물쇠로 잠겨 있었다.

오랜 시간 방치된 듯한 가게 문 앞에는 노란 고양이가 늘어져 잠을 자고 있었다. 발소리에 화들짝 놀라 일어난 고양이는 초록색 눈을 동그랗게 뜨고 연우를 빤히 쳐다봤다. 스산한 분위기 때문인지 온몸에 소름이 쫙 돋는 것 같았다.

2층짜리 건물 앞에 서자 지도 앱이 도착을 알렸다. 세로로 붙어 있는 나무 간판에는 넓적하고 흐릿한 글씨로 '늘행복소망복지관' 이라고 적혀 있었다.

연우는 한 발자국 뒤로 물러나 건물의 모습을 한눈에 담았다. 시멘트 색의 낮은 건물에는 군데군데 녹슨 흔적이 명백한 누런 타일이 붙어 있었다.

나무 간판 옆에 출입구가 있었다. 요즘 시대에 어울리지 않는 미닫이문이었다. 연우는 문의 손잡이를 잡고 살며시 옆으로 밀었다. 문은 잠시 덜커덩 소리를 냈지만 열리지 않았다. 연우는 도움을 요청하기 위해 주위를 돌아봤다. 잠에서 깬 고양이가 슬렁슬렁 돌아다니고 있을 뿐 아무도 없었다.

2층의 까만 창문 틈새로 형광등 불빛이 가늘게 새어 나오고 있었다. 연우는 다시 두 손으로 문의 손잡이를 꽉 잡았다. 온몸에 힘을 강하게 주고 있는 힘껏 문을 밀었다. 문은 끽— 소리와 함께 아까처럼 덜커덩 소리를 내며 열리는 듯했지만, 작은 틈새만 겨우 내보였다. 그 사이로 내부의 따뜻한 공기와 달콤한 냄새가 미세하게 흘러나왔다.

연우는 다시 힘을 주고 문을 살짝 위로 들어 올렸다. 그 상태에서 왼쪽으로 힘껏 밀었다. 드디어 문이 활짝 열렸다.

책상에 앉아 있던 할머니가 기다리고 있었다는 듯이 자리에서 일어났다. 두리번거리는 연우를 보고는 아무 말 없이 푸근한 미소를 지었다. 뽀글거리는 머리카락이 온통 하얀 할머니는 손목에 노란 손수건을 두르고 있었다.

1층 가운데에 커다란 난로가 발갛게 타고 있었다. 차가운 공기에 얼어붙어 있던 몸과 마음에 온기가 돌았다. 순간적으로 스르르 풀리는 느낌이 들어 연우는 자기도 모르게 입김을 불었다.

"여기, 인성 교육 하는 곳 맞아요?"

할머니는 고개를 끄덕이며 오른손을 들어 계단을 가리켰다. 연우는 무표정한 얼굴로 꾸벅 고개를 숙여 감사를 표하고 계단을 올랐다. 발을 내디딜 때마다 계단은 삐걱대는 소리를 냈다. 도대체 얼마나 오래된 건물인지……. 서울 시내에 아직 이런 건물이 있다는 게 놀라울 뿐이었다.

나무문에는 검정색 매직으로 '201'이라는 숫자가 적혀 있었다. 손잡이를 돌리자 아까처럼 끼익하는 소리가 났다.

앞에는 커다란 칠판과 나무 교탁이 있고, 책상이 스무 개 정도 놓인 모습이 보통의 학교나 학원 교실과 다르지 않았다. 먼저 도착해 앉아 있는 몇몇 아이들의 뒷모습이 보였다. 저 아이들은 또 무슨 사연으로 이런 데 와 있는 걸까? 생각이 미처 끝나기도 전에 바람이 휘— 불어와 머리카락이 가볍게 날렸다.

바람의 방향을 따라 고개를 들었다. 교실 천장 가운데 있는 선풍기가 바쁘게 돌아가고 있었다. 선풍기의 새파란 날개가 낯설게 느껴졌다. 1층에는 빨간 난로가 공기를 덥히고 있고 2층에는 파란 선풍기가 돌아가는 곳.

연우는 이 상황이 몹시 아이러니하다고 생각했다. 그런데 더 아이러니한 건, 따스하면서도 부드러운 공기가 묘하게도 딱 알맞다는 느낌이었다.

연우는 어디에 앉을지 주위를 둘러봤다. 교실 뒤쪽에 하얀 기둥이 있었다. 기둥 뒤에 앉으면 몰래 딴짓하기 좋을 것 같았다. 연우는 그 자리를 빼앗기기라도 할까 봐 서둘러 가방을 내려놓았다. 의자에 앉자마자 삐걱 소리가 울려 퍼졌다. 아무도 돌아보지 않았지만 민망함에 혀를 날름 내밀었다.

그때 휴대폰 진동이 울렸다.

[잘 도착했어?]

엄마였다. 엄마는 그 사건 이후로 연우에게 신경을 더 쓰려고 결심한 것처럼 보였다. 이전보다 메시지도 많이 보냈고 퇴근을 빨리 하려고 노력하는 눈치였다.

하지만 엄마의 톡을 확인한 연우는 살짝 미간을 찡그렸다. 답장을 쓰지 않고 주머니에 휴대폰을 넣었다. 그러다가 잠시 주위를 둘러보다 다시 휴대폰을 꺼냈다. 답장을 안 보내면 엄마에게 전화가 올 것이고, 그것도 무시하면 엄마가 여기까지 찾아올지도 모른다는 불안감이 들었기 때문이다.

[도착했어.]

[근데 여기 엄청 후지다.]

휴대폰을 내려놓기 무섭게 엄마에게서 답장이 왔다.

[열심히 들어, 파이팅 연우~^^]

엄마가 보내는 이모티콘을 어색하게 바라보던 중이었다. 대학생 정도로 보이는 남자가 들어오더니 교탁 앞에 섰다. 남자는 분필을 들고 칠판에 글씨를 쓰기 시작했다. 연우는 잠자코 남자의 손을 응시했다. 완성된 글자는 '인성의 중요성'이었다. 연우의 한쪽 입꼬리가 절로 실룩거렸다.

그때 교실 뒷문이 또 긁는 소리를 내며 열렸다. 어려 보이는 얼굴에 시커먼 운동복을 입은 여자애였다. 아이라인을 어찌나 두껍게 그렸는지 얼굴에서 눈 부분만 그림자처럼 보일 정도였다.

연우는 입을 헤벌리고 그 아이를 위아래로 훑어보다가 깜짝 놀라 시선을 돌렸다. 자기도 모르게 예의 없는 행동을 해 버렸다고 생각했다. 인성 교육을 받으러 와서 인성의 중요성을 배우는 교실에 앉아 또 무례한 짓을 한 스스로를 탓했다.

여자애는 잠시 주위를 두리번거리더니 망설임 없이 연우의 옆자리에 앉았다. 이렇게 빈자리가 많은데 왜 하필 내 옆에, 생각하며 돌아본 연우는 그 아이의 무표정한 눈과 딱 마주쳐 버렸다. 가까이서 보니 더 어려 보이는 인상이 기껏해야 또래로밖에 보이지 않았다.

선생님이 강의를 시작했다. 나긋나긋하고 다정한 말투였다. 거기에 차갑지도 뜨겁지도 않은 적절한 온도의 바람이 살랑살랑 불어왔다. 앞에 있는 기둥은 포근하게 감싸 주는 느낌이었다.

선생님의 목소리가 자장가처럼 들렸다. 연우의 눈이 점점 감겼다. 그대로 고개를 푹 숙인 채 잠들어 버렸다.

얼마나 지났을까. 책상을 두드리는 소리에 눈을 번쩍 떴다. 아이라인을 두껍게 그린 여자애가 책상을 톡톡 두드렸다. 잠결에 화장 진한 얼굴을 마주한 연우는 저승사자라도 본 것처럼 화들짝 놀랐다. 여자애는 여전히 무표정이었다.

"책상 속에 있는 동의서, 다음 주에 가지고 오래."

연우가 대답하기도 전에 그 애는 뒤돌아 교실 밖으로 나가 버렸다. 교실에는 이미 아무도 없었다. 천장의 선풍기도 꺼져 있었다. 미세하게 열린 창틈으로 어둠이 새어 들어왔다. 덜컥 겁이 난 연우는 책상 속에 집히는 노트를 아무거나 잽싸게 꺼내 가방에 넣고 1층으로 뛰어 내려왔다.

어두운 낯선 장소에 혼자 있다는 것으로 두려움에 떨 이유는 충분했다. 1층에 내려와 주위를 두리번거리는 연우에게 책상에 앉아 있던 할머니가 다가왔다. 할머니는 당황한 연우가 쉽게 나갈 수 있도록 문을 열어 주었다. 할머니의 손길을 따라 문에서 끼이익— 소리가 울려 퍼졌다. 할머니는 처음 봤을 때와 같은 푸근한 미소를 지어 보였다.

"감사합니다! 안녕히 계세요."

공손하게 허리를 굽혀 인사한 연우는 서둘러 문밖으로 나갔다. 어두운 골목을 후다닥 달렸다. 어서 이곳을 벗어나야겠다는 생각뿐이었다. 이럴 때는 엄마가 몹시 그리워졌다. 자신을 사랑하지도, 믿어 주지도 않는 엄마가 떠오른다는 게 조금은 억울했지만.

대로변으로 나온 연우는 허리를 굽히고 가쁜 숨을 몰아쉬었다. 거리는 아까보다 오히려 더 밝고 화려했다. 유리 빌딩 입구에 많은 사람이 오가는 모습이 보였다. 바쁘게 열리고 닫히는 빌딩의 자동문에서 복지관 문처럼 끼이익— 소리가 나는 듯했다.

"오늘 교육 어땠어?"

편의점에서 사 온 김밥을 저녁으로 먹고 있을 때였다. 퇴근한 엄마가 옷도 갈아입지 않고 식탁 앞에 앉았다. 연우는 김밥을 오물오물 씹으며 대답했다.

"거기 진짜 엄청 후졌어. 문 열릴 때도 끼이익, 의자에 앉을 때도 끼이익!"

연우의 말을 듣는 엄마의 표정이 점점 실망으로 가득해졌다.

"들은 수업 내용이 어땠냐고."

엄마의 노력을 알고 있기에 연우도 애쓰고는 있었다. 엄마와 자신은 세상에서 서로 하나뿐인 전부이자 떼려야 뗄 수 없는 관계라는 걸 누구보다 잘 알고 있었다. 하지만 소중한 만큼 부담스럽기도 하다는 걸, 자세히 들여다보면 사실은 서로 사랑도 부족하고 믿음도 없다는 걸, 엄마도 알고 있을까.

엄마가 다시금 표정을 가다듬고 침착하게 입을 열었다.

"아무튼 잘 다녀 보면 달라지는 거 느낄 수 있을 거야. 시설이 중요한 건 아니잖아?"

연우는 마지막 남은 김밥 하나를 털어 넣고 물을 한 모금 들이켰다. 엄마에 대한 실망과 원망도 이렇게 삼켜서 지워 버릴 수 있으면 좋겠다고 생각했다. 하지만 몇 년 동안 쌓이고 쌓인 감정을 한순간에 없애긴 어려울 것이다. 그렇다면 매일 조금씩이라도.

입안에 아무것도 남지 않자 연우는 무겁게 입을 열었다.

"알겠어."

"뭐 동의서 같은 거 있지 않아?"

"아, 맞다!"

방으로 들어간 연우는 가방을 열었다. 급하게 챙겨 온 노트가 손에 잡혔다. 꺼내 보니 연우의 것이 아니었다. 여자 캐릭터가 두 팔을 벌리고 하늘을 바라보는 표지의 그림에서 묘하게 옛날 느낌이 났다.

노트 첫 장에는 글씨가 빼곡하게 적혀 있었다. 동글동글한 글씨가 또박또박 적힌 모습을 보니 노트 주인은 보나 마나 모범생일 것이다. 그런데 왠지 꿉꿉한 냄새가 퍼지는 것 같았다. 페이지를 훑어보자 뒤쪽에 누렇게 바랜 동의서 양식이 있었다.

다시 노트 맨 앞장을 펴고 적힌 글자들을 읽기 시작했다. 한 글자씩 읽어 내려가는 연우의 얼굴에 빙그레 미소가 떠올랐다. 마지막 부분에서는 소리 내어 웃어 버리기까지 했다. 너무 오랜만에 낸 웃음소리가 스스로도 낯설어서 더 웃음이 나왔다.

9월 25일 월요일
아직 가시지 않은 더위
여름아 어서 가라~

아침저녁으로 많이 선선해졌지만 낮에는 여전히 땀이 날 정도로 덥다. 어제는 더위 때문인지 두통이 너무 심해서 점심도 못 먹고 숙소에서 한 시간을 쉬었다. 매일 바글바글하기만 하던 숙소에 혼자 누워 있으니 어찌나 편하던지.

점심시간에 쉰 대가로 남은 일을 마무리하고 혼자만 늦게 숙소로 돌아왔는데 모두 나를 보고 킥킥 웃었다. 경희가 속상한 표정을 짓더니 내 손을 잡았다. 그때 자리에서 벌떡 일어난 영자가 나를 보더니 '언니, 미안해'라고 사과했다.

영자의 손에 들린 것은 바로, 내 일기장! 세상에. '고의는 아니었어. 옷을 찾다가 손에 잡혀 잠깐 열어 본 것뿐이야'라는 영자의 말에 당황해서 굳어 버린 나를 대신해 경희가 일기장을 되찾아 주었다.

숙소에 개인 공간이 없어 늘 불안하긴 했었다. 일기장에도 솔직하게 마음을 털어놓을 수 없는 안타까움이 얼마나 큰지, 사람들은 알까? 잘못된 행동을 한 건 영자인데 부끄러움은 나의 몫이다.

새로운 일기장은 당분간 학교 서랍에 보관할 생각이다. 여기서 들키나 저기서 들키나. 나는 더 이상 도망갈 곳이 없다. 그렇다고 일주일에 한두 번 쓰는 일기마저 포기해야 한다면 너무 힘들 것 같아서.

이것도 누군가 읽고 있을까? 이제 나도 모른다 몰라. 읽든지 말든지 마음대로 하시오!!!

4

"연우야, 엄마 잠깐 학교 갔다 올게. 금방 올 거니까 같이 점심 먹자."

엄마가 나간 후, 연우는 눈도 뜨지 못한 채 힘겹게 기지개를 켰다. 겨우 몸을 일으키고는 감은 두 눈에 힘을 잔뜩 줘 얼굴 전체를 찡그렸다가 천천히 눈을 떴다. 오늘은 오후에 해리와 만나기로 한 것 말고 다른 일정은 없었다.

양치질로 주말을 시작했다. 칫솔을 입에 물고 휴대폰을 보며 텅 빈 집 안을 슬렁슬렁 걸었다. 지난밤에 보일러를 켜고 잤더니 훈훈한 기운이 남아 있어 그나마 덜 쓸쓸한 느낌이었다.

방 안으로 발걸음을 옮겼다. 책상 위에는 어제 복지관에서 가져온 노트가 놓여 있었다. 촌스러운 표지부터 웃겼다. 그 안에 쓰인 일기는 더 웃겼다. 다시 노트를 폈다. 연우는 자기도 모르게 또 쿡쿡 소리를 내며 웃어 버렸다.

이것도 누군가 읽고 있을까? 이제 나도 모른다 몰라. 읽든 지 말든지 마음대로 하시오!!!

마지막 부분을 몇 번이고 다시 읽다가 칫솔질을 멈추었다. 이 노트의 주인이 지금 또 일기장의 행방을 알게 되면 어떤 기분일까. 연우는 서둘러 양치질과 세수를 마무리했다. 그러고는 잡히는 대로 옷을 꺼내 입고 가방에 노트를 넣었다.

빌딩의 여기저기서 밝은 햇빛이 눈부시게 반사됐다. 어제 한 번 와 봤던 길이라 한결 익숙하게 느껴졌다. 골목에 들어선 연우는 발걸음을 더 서둘렀다. 얼른 이 일기장을 원래 자리에 되돌려 놔야겠다는 생각뿐이었다.

복지관이 있는 골목은 빌딩의 그림자에 가려 해가 잘 들지 않았다. 이동 상회 앞에 도착한 연우는 잠시 멈춰 주위를 두리번거렸다. 대낮이건만 저녁처럼 음침하기만 했다. 어제 본 그 고양이라도 나타나 주길 바랐다.

"야옹, 냐옹~"

작은 목소리로 고양이를 불렀다. 그때 아이스크림 냉장고 뒤에서 부스럭거리는 소리가 나더니 노란 고양이가 슬금슬금 걸어 나왔다.

구면임을 직감할 수 있었다. 한 손을 들어 고양이에게 인사를 건넸다. 고양이는 아무런 소리도 내지 않고 어제처럼 초록색 눈동자를 밝게 빛내며 연우를 빤히 바라볼 뿐이었다.

어제의 시행착오를 떠올리며 미닫이문을 두 손으로 잡고 힘껏 들어 올린 뒤 옆으로 밀었다. 겨우 두 번째인데 꽤나 적응한 스스로가 놀라웠다.

1층에는 아무도 없었다. 어제 본 할머니도 오늘은 나오지 않은 모양이었다. 빨간 불을 밝히며 공기를 따뜻하게 덥히던 난로도 조용히 꺼져 있었다. 연우는 익숙한 듯 계단을 오르기 시작했다. 어김없이 삐걱거리는 계단은 연우의 움직임을 알렸다.

'201'이라고 적힌 문 틈새로 인기척이 흘러나왔다. 여러 사람이 있는 것 같았다. 고소한 음식 냄새도 나 침샘을 자극했다. 문 앞에 선 연우는 그냥 돌아갈까 싶어 손잡이에서 손을 떼었다. 수업 중이라면 이렇게 불쑥 들어가는 일이 실례가 될 것이다.

하지만 여기까지 왔는데, 일기장 주인을 생각하면……. 연우는 다시 용기를 내었다. 조심스럽게 손잡이를 오른 방향으로 돌렸다. 어김없이 끼이익— 소리가 울려 퍼졌다.

교탁 앞에 대여섯 명의 사람들이 모여 있었다. 연우가 들어가자 그중 한 명이 돌아봤다. 고등학생 정도로 보이는 여자는 단발머리에 뽀얀 피부를 가지고 있었다. 살짝 처진 커다란 눈의 얼굴이 왠지 낯익었다. 연우는 꾸벅 고개를 숙여 인사하고 어제 앉았던 기둥 뒷자리로 향했다.

가방에서 노트를 꺼내고 있는데 여자가 연우 쪽으로 조금씩 다가왔다. 고개를 들자 여자와 눈이 마주쳤다. 여자는 연우를 향해 싱긋 웃으며 한 손에 동그란 빵을 들어 보였다. 풀빵이었다. 엄마가 좋아해서 시장에 갈 때마다 사 먹곤 했었다. 풀빵의 따뜻한 기운이 전해지는 듯했다.

연우는 손과 머리를 동시에 가로저으며 괜찮다고 말했다. 여자는 풀빵을 든 손을 살짝 내리더니 잠자코 연우의 행동을 지켜보고 있었다. 연우는 가방으로 책상을 가리고 노트를 속에 넣었다.

다시 눈이 마주치자 여자가 빙긋 웃어 보였다. 연우는 처음처럼 고개를 꾸벅 숙여 인사를 건네고 서둘러 교실에서 나왔다.

그늘진 골목의 음산한 분위기가 꺼림칙해 발걸음을 서둘렀다. 연우는 양팔을 앞뒤로 세차게 저으며 경보하듯 골목을 빠져나왔다. 밝은 대로변으로 나오고 나서야 멈춰서 숨을 몰아쉬었다. 그때 주머니에서 진동이 느껴졌다.

[어디 갔니? 엄마가 맛있는 거 사 왔는데.]

엄마한테 일기장 얘기를 굳이 할 필요는 없을 것이다. 요즘 연우는 엄마 앞에서 더욱 말수가 줄었다. 그저 말을 하지 않는 것뿐이다. 거짓말을 하는 건 아니니 문제될 건 없다고 생각했다. 작은 일도 크게 생각하고 걱정하는 버릇이 있는 엄마가 관심이라는 이유로 귀찮게 물어보는 게 싫었다.

대로변에서 가장 높은 건물 앞에 서서 메시지를 썼다.

[해리랑 점심 먹고 들어갈게.]

휴대폰을 주머니에 넣자마자 벨 소리가 울리기 시작했다. 연우는 무표정하게 전화를 받았다.

"점심 같이 먹기로 했잖아. 엄마가 먹을 거 사 왔는데."

연우의 표정이 순간적으로 굳어 버렸다. 이미 문자로 다 전달한 내용이었건만 또 이렇게 전화를 건 엄마에게 짜증이 났다.

"나 해리랑 약속했다니까?"

"엄마랑 한 약속은 약속도 아니야?"

"나 엄마랑 점심 같이 먹겠다고 약속한 적 없어."

연우는 두 눈을 질끈 감고 올라오는 감정을 삭였다.

"알았어. 끊어."

엄마가 먼저 전화를 끊었다. 연우는 휴대폰을 다시 주머니에 넣고 지하철역으로 향했다. 맹세코 엄마와 점심을 약속하지 않았다. 잠결에 같이 점심 먹자는 말을 듣기는 했지만 그건 엄마의 일방적인 전달이었지, 서로 한 약속이 아니었다. 엄마는 언제나 이런 식이었다.
 엄마가 사 왔다는 맛있는 음식도 기대되지 않았다. 엄마는 평소에도 이것저것 선물을 많이 하는 편이었지만 그게 마음에 드는 경우는 거의 없었다. 살아오면서 제대로 된 선물을 주고받아 본 적이 없어 그런 거라고 이해하려 했지만 원망이나 서운함이 앞설 때가 많았다.

 해리가 사는 동네에 있는 패스트푸드점에 도착했다. 창가에 앉아 있던 해리가 일어서며 두 손을 흔들었다. 연우도 손을 흔들어 반가움을 표현했다.
 "연우쨩, 점심은 떡볶이?"
 "아니, 그냥 여기서 먹자."
 연우는 해리의 맞은편에 가방을 내려놓고 앉았다. 해리의 입술이 뾰로통하게 튀어나왔다.
 "난 당연히 떡볶이 먹으러 갈 줄 알았지."
 "나 떡볶이 트라우마 생긴 것 같아서 당분간 안 먹고 싶어. 대신 내가 햄버거 쏠게."
 연우의 말에 해리는 두 엄지를 들고 흔들며 활짝 웃어 보였다. 연우는 '그 일'이 있고 나서도 여전히 이렇게 곁에 있어 주는 해리에게 몹시 고마웠다. 그 마음을 표현할 방법은 이렇게 먹을 걸 사 주는 것밖에 없었다.

"김하준은 오늘 같은 주말에 무얼 하고 있을까?"

해리의 한마디에 하준의 얼굴이 두둥실 떠올랐다. 그동안 친한 친구들에게만 털어놓았을 뿐, 누구에게 들킬세라 꽁꽁 숨겨 왔던 마음인데 이번 사건을 계기로 선생님들과 반 애들에게 다 들통나 버렸다.

이번 학폭 사건은 '하준을 좋아하는 연우가 향기와 하준 사이를 오해하고 질투해 저지른 사이버 폭력'으로 소문이 난 듯했다. 엄마마저 하준에 대해 물어봤을 때는 하준을 좋아하는 마음을 싹싹 다 지워 버리고 싶었다.

하준도 분명히 들었을 거다. 하준에게 마음을 들켰다는 생각이 들 때면 연우는 이불 킥을 하고 발버둥을 칠 만큼 괴로웠다. 하준이 이전처럼 아무렇지 않게 대해 줘서 그저 고마울 뿐이었다.

그러면서 하준에 대한 마음이 점점 사치처럼 느껴졌다. 스스로에 대한 걱정과 불안 앞에서는 사춘기 연애 감정도 쪼그라드는 걸까. 어차피 고백하지도 못할, 이루어지지도 않을 마음이라는 생각도 덩달아 커지던 참이었다.

"김하준 정도면 그래도 괜찮은 애인데. 그렇지?"

연우의 물음에 해리는 손바닥으로 테이블을 치며 크게 웃었다. 동의할 수는 없지만 연우의 취향을 존중한다는 표현이었다. 해리는 좋아하는 남학생이 없다고 했다. 아직 사랑을 잘 모르겠다나.

"오늘은 뭐, 아마 학원 가 있겠지. 애들 대부분이 그렇듯."

"연우짱은 김하준이 다니는 학원이어도 싫어?"

"거기 가면 전교 1등할지도?"

연우가 관심 있는 주제라면 해리도 귀를 기울였다. 그렇기에 둘 사이의 대화는 늘 부드럽게 흘러갈 수 있었다. 해리는 언제나 연우를 배려했다. 해리와의 관계는 달라지지 않아 다행이지만 요즘 들어 해리가 무슨 말을 해도 연우는 별로 웃지 않는다는 점만이 조금 달라진 부분이랄까.

"아, 서은이 학원에 박향기 다니기 시작했다던데?"

"어? 그래?"

"박향기 주제에 학원 다닌다고 뭐 성적이 얼마나 오르겠어?"

연우는 감자튀김을 입에 넣으며 별 관심 없다는 듯이 창밖으로 시선을 돌렸다. 해리는 자신의 이야기를 증명이라도 하려는 것처럼 서은과의 채팅 창을 휴대폰에 띄워 연우 쪽으로 들이밀었다.

"서은이랑 갠톡한 거야?"

연우의 눈동자가 동그래졌다.

"으응."

"왜 우리 셋이 있는 방에서 얘기 안 하고?"

"몰라. 서은이가 먼저 갠톡으로 했어."

불안감이 엄습한 연우는 아랫입술을 가볍게 깨물었다.

"이 얘기 말고 다른 건 안 했어?"

"연우짱이 박향기 얘기 안 듣고 싶어 할 거라 생각해서 그러지 않았을까? 다른 무슨 말을 하겠어.”

"혹시……. 서은이가 나 피하는 거 아니겠지?"

"널 왜 피해? 연우짱 확실히 요즘 좀 예민해졌어."

"아니, 요즘 서은이랑 거의 얘기도 못 한 것 같아서. 급식 먹을 때도 그렇고……. 오늘도 시간 없다며."

"오늘은 서은이 학원 가잖아."

"그렇긴 하지."

"으이구, 서로 계속 일이 있었나 보지. 다음 주에 체험 학습 있으니까 그날 얘기 많이 해."

해리가 가볍게 씩 웃어 보이자 연우는 마음이 한결 놓였다. 언제부턴가 서은의 눈빛이 냉랭하게 느껴지던 참이었다. 하지만 오래된 우정이 순식간에 사라지지는 않을 거라 믿었다.

해리가 휴대폰을 테이블 위에 뒤집어 놓았을 때였다.

"어? 그립 톡!"

"아아, 나도 선물받아어."

연우도 주머니에서 휴대폰을 꺼내 뒤집어 보였다. 완전히 똑같은 그립 톡이었다.

"이렇게 똑같은 걸?"

지난 크리스마스에 엄마가 홍대에서 사다 준 그립 톡이었다. 실제 운동화를 축소한 듯 만들어진 이 그립 톡은 확실히 연우 취향이 아니었다. 선물을 받은 순간, '그립 톡마저 신발 모양을 고르다니……'라고 생각하며 연우는 고개를 절레절레 흔들었다.
 엄마는 평소 연우의 운동화를 눈여겨보는 편이었다. 조금이라도 밑창이 닳으면 당장 큰일이 날 것처럼 빨리 새 신발을 사러 가자고 했다. 연우는 엄마가 어릴 때 길을 걷다 미끄러져 크게 다친 기억이 있을 거라 추측했다. 그러지 않고서야 이렇게 신발에 집착할 이유가 없었다.
 마음에 드는 그립 톡은 아니었지만 아무도 비슷한 걸 하고 다니지 않는다는 점만은 만족스러웠다. 디자인도, 질감도 확실히 정교했다. 동네 지하상가를 여러 번 돌아봐도 연우는 비슷한 그립 톡을 찾지 못했다. 그런데 해리 역시 같은 것을 선물받았다니. 자꾸만 늘어나는 공통점들이 신기할 뿐이었다.
 "나도 선물받고 놀랐어. 연우짱 거랑 똑같아서. 심지어 색깔까지 똑같은 거야."
 해리는 그립 톡을 손가락에 끼우고 이리저리 장난스럽게 돌려 보였다. 그러더니 콜라를 한 모금 들이켜고는 다시 입을 열었다.
 "근데, 정말 누가 그랬을까?"
 연우는 고개를 가로저으며 한숨을 휴 내쉬었다.
 "떡볶이집에 CCTV라도 보여 달라고 해야 되는 거 아니야?"
 "이제 다 끝났는데, 뭐."
 "거기 테이블 주위에 우리 학년 애들 있었나?"
 연우는 대답 없이 어깨를 으쓱해 보였다.

"진짜 이상하단 말이야. 연우짱한테 그렇게 원한을 가지고 있는 애도 없잖아."

연우는 다시 창밖을 바라봤다. 주말 특유의 생기가 느껴지는 듯했다. 거리의 가로수들이 발갛게 노랗게 조금씩 물들어 가고 있다는 것도 지금에서야 알아차렸다. 해리는 이상하다는 말을 혼자 중얼거리며 휴대폰을 보고 있었다.

"이번에 내가 제일 크게 느낀 건, 아무도 나를 믿어 주지 않는다는 거. 그런 상황에서는 진실도 아무런 의미가 없다는 거."

연우의 진지한 말에 해리는 아랫입술을 삐죽 내밀며 우는 시늉을 했다.

*

식탁 위에 커다란 비닐봉지가 꽉 묶인 채 놓여 있었다. 차갑게 식어 버리면 더 무거워지는 걸까. 연우는 묵직한 봉지를 살짝 들었다가 내려놨다.

엄마는 소파에 앉아 한쪽 팔로 이마를 짚고 고통스러운 표정을 짓고 있었다. 연우는 옷을 갈아입고 다시 거실로 나와 엄마에게 물었다.

"아파?"

엄마는 유난히 아픈 날이 많았다. 그렇게 아프면서도 진통제를 먹고 꾸역꾸역 출근하는 엄마 모습이 미련해 보였다.

"탕수육 다 식었겠다."

엄마가 사 온 '맛있는 거'의 정체가 탕수육이었던 모양이다. 연우는 중국집에 가면 꼭 탕수육을 시키곤 했으니까. 이렇게 연우의 취향을 고려한 선물을 사 오는 건 흔치 않은 일이었다.

"줄 서는 집에 가서 사 온 건데."

"그럼 엄마 먼저 좀 먹지 그랬어."

연우가 비닐봉지의 매듭을 풀면서 퉁명스럽게 대답했다. 줄을 서서 탕수육을 포장해 오는 엄마의 모습이 잘 그려지지 않았다. 커다란 플라스틱 통 뚜껑을 열자 노릇노릇하게 튀긴 탕수육이 모습을 드러냈다.

"오, 맛있게 생겼다!"

연우는 손가락으로 탕수육을 하나 집어 입속에 넣었다. 두꺼운 고기가 과연 줄 서는 맛집의 작품다웠다. 소스는 잔뜩 굳어 있어 바로 먹을 수 없는 상태였다. 덩어리진 소스에서 시큼한 냄새가 훅 풍겼다. 연우는 콜록콜록 기침을 했다. 물을 마시고 기침이 멎은 뒤에 엄마를 향해 입을 열었다.

"따뜻할 때 맛있었겠다."

엄마가 연우를 빤히 바라보더니 대답했다.

"엄마랑 하는 약속도 좀 지켜."

연우 역시 할 말이 많았다. 하나뿐인 딸에게 소홀한 것부터 진실에는 관심도 없고 믿어 주지도 않은 일까지. 털어놓자면 끝도 없을 것 같았다. 정말 딸을 사랑하는 게 맞는지 따져 묻고도 싶었다. 연우는 잠시 머뭇거리다가 조금씩 말을 쏟아 내기 시작했다.

"내가 언제 엄마랑 약속했어? 나 자고 있을 때 슬그머니 와서 맨날 뭐라 뭐라 하는 거, 그게 약속하는 거야? 엄마 혼자 일방적으로 말하면서 약속 안 지켰다고 화내고."

"다 들었잖아. 다 듣고 있었잖아."

"내가 대답했어? 아무 말도 안 했잖아."

"그럼, 맨날 너는 그렇게 잠만 자고 있는데 엄마가 어떻게 해야 돼?"

"할 말 있으면 일어나 있을 때 해."

연우의 말에 엄마는 두 손으로 이마를 짚고 가만히 눈을 감았다. 그리고 천천히 다시 입을 열었다.

"연우야, 엄마도 노력 많이 하고 있어. 엄마는 지금도 늦지 않았다고 생각해. 우리 다시 잘 지낼 수 있잖아."

"노력은…… 나도 많이 해. 나도 진짜 많이 하고 있어. 맨날 혼자 집 지키는 거, 배달 음식 먹는 거 괜찮은 줄 알아? 그래도 엄마 힘든 거 아니까 불평 하나도 안 했어."

"미안하다."

엄마는 손가락으로 두 눈을 꾹 누르고 있었다.

"근데 엄마, 내 말에 진심으로 귀 기울여 준 적 있어? 말로만 믿는다는 거 말고 진짜 믿어 준 적 있어?"

 엄마가 빨개진 눈으로 연우를 바라봤다. 연우는 엄마에게 다가가려다가 발길을 돌려 방으로 향했다. 딸깍, 방문을 잠그는 소리가 났다.

5

"나는 좋아. 날씨도 좋고, 연우짱이랑 같이 걸어가는 것도."

지하철을 갈아타는 것보다 내려서 조금 걸어가는 게 낫지 않겠냐는 연우의 제안을 해리는 기꺼이 받아들였다. 체험 학습 날이라 잔뜩 들떠 있는 해리와 달리 연우는 무겁게 가라앉아 있었다.

"서은이, 나한테 뭔가 화난 거 아닐까?"

"에이, 아니야. 엄마가 출근길에 태워 주신다고 했잖아. 그뿐일 거야."

평소 같았으면 연우는 당연히 서은, 해리와 함께 이동했을 것이다. 하지만 오늘 연우의 옆에는 해리밖에 없었다. 서은의 웃음기 없는 눈빛이 자꾸 떠올라서인지 바람이 더욱 서늘하게만 느껴졌다.

"와, 이 건물은 뭐야?"

어린아이처럼 신이 난 해리가 옆에 보이는 건물 계단을 마구 뛰어올랐다 내려왔다.

"여기 세종문화회관이잖아."

"아, 여기가 세종문화회관이야? 들어 본 것도 같고……."

"여기 안 와 봤어?"

"으응."

연우의 질문에 해리는 기가 죽은 듯이 대답하면서도 세종문화회관 건물에서 눈을 떼지 못했다.

연우는 세종문화회관을 보자 잊었던 악몽이 떠올랐다. 지난봄에 엄마와 여기서 뮤지컬을 본 적이 있었다. 뮤지컬을 보기 전에 저녁을 먹기로 약속했지만 학교에 일이 생긴 엄마는 한참이나 늦게 도착했다.

그날 연우는 뮤지컬을 보는 내내 배고픔과 싸워야만 했다. 무슨 내용인지 하나도 집중이 되지 않았다. 끝나고 나왔을 땐 시간이 너무 늦어 마땅히 갈 만한 식당도 없었다. 세종문화회관을 보면 그때의 배고픔만 선명하게 떠오를 뿐이다.

엄마는 항상 이런 식이었다. 언제나 일이 먼저였다. 그러면서 다른 사람들 앞에서는 딸과 둘도 없는 사이라며 말도 안 되는 자랑을 하고는 했다. 정작 연우의 속마음은 하나도 모르면서, 사실은 사랑하지도 않고 믿음도 없으면서. 그렇게 말하는 엄마가 도저히 이해되지 않았다.

"뭐, 별것 없어. 난 뮤지컬도 별로 재미없더라."

"그래? 재밌을 것 같았는데……."

올해 체험 학습 장소는 경복궁. 장소가 공개되고 아이들 사이에서는 불만이 터져 나왔다. 유치원생 시절이나 초등학생 때에도 여러 번 갔던 곳이 바로 경복궁이었다. 발전이 없어, 발전이. 연우도 덩달아 투덜거렸다.

"연우짱, 우리는 정말 뭐가 있는 걸까?"

해리가 연우의 옷차림을 손가락으로 가리키면서 물었다. 진청 바지에 검정색 맨투맨 티셔츠까지. 둘의 차림이 약속한 듯 똑같았다. 언젠가 둘이 쌍둥이 같다던 하준의 말이 생각난 연우는 조금 언짢은 기분이었다. 연우는 해리의 상의를 물끄러미 바라봤다.

"그래도 상표는 다른 것 같은데?"

연우가 입은 것에는 작게나마 빨간색으로 브랜드 로고가 새겨져 있었다. 반면, 해리의 옷에는 그 자리에 아무런 로고도 없었다.

"으응. 그런 것 같다."

해리는 가방을 잡는 척하며 브랜드 로고가 있어야 할 부분을 손으로 가렸다.

집합 장소에 도착한 순간 연우의 두 눈이 휘둥그레졌다. 청바지에 흰색 맨투맨 티셔츠를 입은 하준의 모습이 반짝 빛났기 때문이다. 한동안 잊고 있었던 하준에 대한 애정이 순식간에 되살아났다. 동시에 어디선가 향기의 목소리가 들려왔다.

"나는 경복궁 좋아. 여기만 오면 마음이 편한 게 집에 돌아온 것 같단 말이야. 아무래도 전생에 내가 여기 살았었나 봐."

스스럼없이 던지는 농담, 신기할 정도로 넘쳐흐르는 긍정 에너지. 연우는 향기의 이런 점 또한 싫었다. 그때 향기의 주위에서 익숙한 목소리가 들려왔다.

"공주가 아니라 시녀였던 거 아니야?"

맙소사, 서은이었다. 서은의 하얀 얼굴이 향기를 바라보며 웃고 있었다. 연우와 해리는 그 자리에서 굳어 버렸다.

"이것 봐. 내가 서은이 이상하다고 했잖아!"

"있어 봐. 연우쨩, 내가 물어볼게."

해리가 다가가자 서은은 웃는 얼굴로 연우 쪽을 빤히 쳐다봤다. 서은과 몇 마디를 나눈 해리 역시 환한 표정으로 돌아왔다.

"우리도 오라는데? 향기랑 같이 도시락 먹자고."

그 말을 듣자마자 표정은 물론 목소리 크기도 조절하지 못한 연우가 해리를 향해 소리를 빽 지르고 말았다.

"그게 무슨 말이야!"

주위에 서 있던 아이들이 모두 연우를 바라봤다. 그렇지 않아도 학폭 사건 이후로 반 아이들은 슬금슬금 연우를 피하고 있었다. 연우는 고개를 돌리다가 하준과 눈이 마주쳤다. 하준 역시 다른 애들과 마찬가지로 무표정하게 연우를 응시하고 있었다. 연우는 작게 한숨을 내쉬었다.

거기가 다 거기 같았다. 하나같이 비효율적으로 생긴 건물들, 먼지 풀풀 나는 흙길, 눈부신 햇살마저 짜증이 났다. 인상을 잔뜩 찌푸린 연우는 아무 말도 없이 해리와 나란히 걷고 있었다.

연우가 발길을 멈추자, 해리가 돌아보며 입을 열었다.

"좀 쉬다 갈까?"

연우는 해리를 향해 고개를 끄덕였다. 여전히 다정한 해리의 모습에 미안하다는 말이 턱 밑까지 올라왔지만 입 밖으로 꺼내기까지는 더 큰 용기가 필요했다.

"도시락이나 먹자."

연우는 해리가 대답하기도 전에 벤치에 앉아 가방에서 도시락을 꺼냈다. 도시락이라고 해 봐야 아침에 산 김밥 한 줄이 전부였지만. 해리도 싸 온 도시락을 꺼내 놓았다.

동그란 플라스틱 통 안에 든 건 하얀 볶음밥이었다. 군데군데 잘게 썬 양파와 약간의 햄이 보일 뿐이었다. 연우는 해리의 도시락을 힐끗 쳐다보고는 말없이 김밥을 먹었다. 해리는 도시락 윗부분을 손바닥으로 가리고 한 숟가락씩 천천히 밥을 떠먹었다. 그리고 연우의 눈치를 보다가 말했다.

"연우짱, 아까 미안해. 내가 너무 눈치도 없이……."

해리의 사과에 연우가 가지고 있던 미안한 마음은 더욱 더 커졌다. 어릴 적부터 친구라면 벌벌 떨던 연우였다. 친구를 빼앗길까 봐, 친구가 돌아설까 봐 항상 조마조마한 마음으로 눈치를 보며 살아왔다.

그런데 해리에게게만은 아니었다. 그동안 만났던 친구들과 해리는 달랐다. 해리는 언제나 연우에게 맞춰 주었고 먼저 눈치를 살폈다. 그러다 보니 모든 것이 그저 편했다.

문제는, 이러한 편안함이 너무나 쉽게 무례함으로 변했다는 점이었다. 솔직하게 짜증도 부렸고 가끔은 이렇게 소리를 지르기도 했다. 그러고도 변함없는 해리의 태도는 연우를 점점 더 예의 없게 만들었다.

"아, 근데 서은이 무슨 일이래? 박향기랑 같은 학원 다닌다더니 순식간에 그렇게 친해진 거야?"

"그런가 봐. 내가 다시 한 번 물어볼게."

"아니야. 됐어. 내버려둬. 박향기랑 얼마나 오랫동안 잘 지내는지 어디 한번 보게."

그동안 친구들과 숱하게 가까워졌다 멀어지기를 반복했다. 매년 반 배정이 달라질 때마다, 자리 배치가 바뀔 때마다, 수행평가를 할 때마다, 체험 학습을 갈 때마다 정말 별것도 아닌 이유로 관계는 쉽게 틀어지곤 했다.

연우는 서은과의 관계도 이렇게 끝났다고 생각했다. 오랫동안 알고 지냈다고 해서 더 가까운 것도, 소중한 것도 아니었다. 올해 다시 같은 반이 되고 어쩌다 서은과 함께 다니게 됐지만 그리 잘 통하는 느낌은 아니었다.

단정한 외모에 공부도 곧잘 하는 서은은 싫은 건 싫다고, 아닌 건 아니라고 말하는 스타일이었다. 솔직히 연우는 그런 서은의 태도가 거슬린 적이 많았다. 그러고 보니 함께한 시간에 비해 서은에 대해 알고 있는 것이 별로 없다는 생각이 들었다. 그렇게 길고 많은 시간을 함께했으면서 왜 서은에 대해 알고 있는 게 없을까.

어떤 이유라고 해도 향기와 어울리는 건, 배신이다. 연우는 커다란 김밥 하나를 입안 가득 넣고 오물오물 씹으며 서은에 대한 서운함도 같이 삼켰다. 그런데, 서은이 가져오는 도시락만은 여전히 그리웠다.

서은의 엄마는 솜씨가 매우 좋았다. 때마다 푸짐하고 맛깔스러운 도시락을 서은이 편에 보내곤 했다. 연우가 김밥을 한 줄밖에 사지 않은 건 서은의 도시락에 대한 기대 때문이기도 했다. 서은의 도시락을 같이 먹고 나면 충분히 배가 부를 테니까. 그 맛있는 도시락을 향기가 먹을 거라 생각하니 화가 치밀어 올랐다.

그래도 올해는 몇 달밖에 남지 않았고, 옆에 해리가 있으니 혼자가 될 일은 없을 것이다. 다행이다. 해리가 있어서. 무심코 눈이 마주치자 해리는 다정하게 웃어 주었다.

"갈 때도 갈아타지 말고 광화문으로 갈까?"

해리가 다 먹은 도시락을 정리하며 말했다. 어느새 연우의 김밥도 바닥을 드러내고 있었다. 이럴 줄 알았으면 한 줄 더 사 올걸 그랬다.

오늘도 열리는 일기장

"아, 나 오늘 교육받는 날인데."

"그 인성 교육?"

"응. 가서 잘 게 뻔한데, 안 가면 엄마 잔소리가 장난 아닐 거야."

"그래……. 고생이다. 그럼 나는 혼자 가야겠네."

해리의 말은 한 귀로 흘렸다. 한 주 동안 잊고 있었던 복지관에 대한 기억이 떠올랐다. 낡은 건물, 삐걱거리는 계단, 푸근한 미소로 맞이해 주던 할머니, 도깨비처럼 진한 화장의 옆 짝꿍, 그리고 촌스러운 일기장…….

그 어떤 것에도 흥미가 없었지만 딱 한 가지 궁금했다. 일기장에 새로운 일기가 쓰여 있을까?

*

체험 학습이 끝나자마자 복지관에 왔더니 아직 아무도 없었다. 연우는 지난주와 같은 자리에 앉았다. 자세를 조금씩 바꿀 때마다 의자는 삐걱거리는 소리를 냈다.

누런 벽과 퀴퀴한 냄새, 지난주엔 정신이 없어서 알아차리지 못했던 것들을 하나씩 감각적으로 짚어 봤다.

책상 속을 힐끔 쳐다보곤 주위를 두리번거렸다. 아직 아무도 없었다. 연우는 혀를 날름대다가 두 손을 얼른 책상 속에 집어넣었다. 노트가 손에 잡혔다. 얼굴에 미소가 지어졌다. 다시 문 쪽을 확인하고는 서둘러 일기장을 펼쳤다.

9월 27일 수요일
가을 공기 좋다~

지난 추석에는 경희와 서울 여행을 했다. 매일 오가던 곳을 벗어나 버스를 타고 시내로 나가 보았다.

말로만 듣던 세종문화회관을 눈으로 직접 봤을 때의 감격이란! 듣던 대로 정말 거대하고 멋졌다. 안은 더 멋질 것 같다. 경희와 나는 다음에 이곳에서 멋진 공연을 보자고 약속했다. 두 손가락 걸고~

그리고 충무로 대한극장에 가서 영화를 봤다. 정말 신기하고 흥미로운 이야기였다! 두 시간 내내 긴장해서 볼 만큼 재밌었던 영화여서일까? 지금도 봤던 영화 이야기를 나눌 때면 입가에 미소가 지어진다.

고향에 다녀온 지 벌써 이 년이 지나서 그런지, 사실 추석을 앞두고 마음이 많이 안 좋았다. 다들 너무 보고 싶다. 엄마 목소리를 들으면 눈물이 터져 나올 것 같아 전화도 못 하고 있다.

가고 싶은 마음 굴뚝같지만, 이번에도 차비까지 모아 부치는 편이 낫겠다는 결론을 내렸다. 우리 숙소에서 고향에 가지 않은 건 나와 경희뿐.

경희가 있어 얼마나 다행인지 모른다. 둘이서 두 팔, 두 다리 쫙 뻗고 풀빵을 먹으며 라디오를 들을 때의 그 행복. 영원히 잊지 못할 것이다. 경희와 만든 추억이 벌써부터 그리워진다.

어릴 때 친구들이 언니, 오빠의 일기를 훔쳐보는 게 재미있다고 말한 적이 있었다. 연우는 형제가 없기에 그런 즐거움은 경험할 수 없었다.

그런데 뜻하지 않게 인성 교육을 들으러 와서 남의 일기장을 훔쳐보게 되다니. 촌스러운 노트에 또박또박 적힌 글씨가 왜 이렇게도 재밌는지, 연우는 또 참지 못하고 쿡쿡 웃어 버렸다.

그때 책상 위에 올려놓은 휴대폰이 진동했다. 일기장의 내용에 집중하고 있던 연우는 깜짝 놀라 휴대폰을 확인했다. 엄마였다.

카톡을 보내면 되지 뭘 전화까지. 수신 거부를 누르려다가 일기 속의 문장에 시선이 갔다. 엄마 목소리를 들으면 눈물이 터져 나올 것 같아 전화도 못 하고 있다……. 그 문장을 바라보다가 연우는 자기도 모르게 전화를 받아 버렸다.

"어."

"복지관 갔어?"

"어, 지금 와 있어."

"그래. 잘했다. 엄마도 늦지 않게 들어갈게. 이따 집에서 보자."

전화를 끊자마자 곧바로 다시 일기장의 내용에 집중했다. 글씨

체도, 내용도 뭔가 귀여웠다. 방금 전처럼 또 웃음이 나왔다.

그때 문이 끼이익 소리를 내며 열렸다. 서둘러 일기장을 책상 속에 넣었다. 검은 운동복 차림에 시커먼 아이라인을 두껍게 그린 여자애가 들어왔다. 지난주와 같은 모습이었다. 여자애는 잠시 교실을 두리번거리더니 이번에도 연우의 옆에 앉았다.

지정석이 아니어도 한번 앉은 자리가 고정적으로 굳어지는 경우가 많았다. 학원에서는 거의 그랬던 것 같다. 그래도 다른 자리가 다 비어 있는데 왜 하필 여기에…….

그렇다고 먼저 앉은 사람이 자리를 옮길 수도 없는 법이다. 그리고 자리를 옮겼다가 다신 여기 못 앉게 되면, 앞으로는 일기장을 보지 못할 테니까.

연우는 이 상황이 어색해서 휴대폰을 만지작거리며 고개를 들지 않았다. 옆에 앉은 아이의 얼굴을 떠올리자 어릴 때 놀이공원에서 본 너구리의 얼굴이 떠올랐다. 그래, 이제부터 이 여자애를 '너구리 눈'이라고 불러야겠다. 쇼츠 영상을 틀어 놓고 있으면서도 머릿속으로는 너구리 눈에게 집중했다.

지난번과 같은 남자 선생님이 들어와 강의를 시작했다. 눈을 뜨고 귀를 열고 있었지만 선생님이 말하는 내용이 좀처럼 들어오지 않았다. 너구리 눈은 책상 아래로 작은 수첩을 들고 영어 단어를 외우고 있었다. 너구리 눈의 단어장을 힐끗 쳐다본 연우는 의아하다는 표정을 지었다. 그러고는 이내 현실 속의 고민을 떠올렸다.

　서은이는 어쩌다가 향기와 친해진 걸까. 향기와 친해진다는 건 나와 멀어질 각오를 했다는 말인데. 내가 서은이를 서운하게 한 적이 있었나. 상관없다고 생각했지만 막상 또 이렇게, 그것도 향기 때문에, 친구가 한 명 떠나간다니……. 속상하고 막막한 심정이었다.

　더 멀리 떠나가기 전에 서은을 붙잡을 수 있을까. 서은이 향기와 얼마나 마음이 통했든 나와 함께한 세월이 얼마나 긴데. 휴, 한숨이 나왔다. 서은마저 멀어진다면 이제 친구는 정말 해리 한 명뿐이었다.

　오전에 해리에게 소리 질렀던 일이 생각났다. 가까운 친구일수록 더 소중하게 여겨야 한다고, 엄마는 어릴 때부터 귀에 딱지가 앉도록 말하곤 했다. 그러니까 인성이라는 게 이렇게 강의를 듣고 엄마 잔소리를 듣는다고 나아지는 게 아니라니까.

　해리와 걷던 길목에 있던 세종문화회관이 떠올랐다. 일기장의 주인공도 얼마 전에 세종문화회관에 다녀왔나 보다. 어디 지방에서 올라와 서울에 살고 있는 사람인 것 같다. 세종문화회관에서 공연을 보자고 두 손가락 걸고 약속까지 하다니. 풋, 정말 웃긴다.

6

　길 건너 시장 쪽을 무심하게 바라보며 걷고 있을 때였다. 야채 가게에서 커다란 봉지를 질질 끌며 나오는 아줌마를 따라 어딘가 익숙한 뒷모습의 여자애가 나왔다. 그 애는 아줌마 손에서 봉지를 가로채 제 손에 들었다. 봉지에는 배추와 무 같은 채소가 들어 있었는데 몹시 무거워 보였다.
　아줌마와 여자애는 봉지를 한쪽씩 나눠 들었다. 싱긋 웃는 표정으로 여자애가 고개를 돌렸다. 저 얼굴은, 향기다.
　연우는 무언가에 홀린 듯이 향기의 뒤를 몰래 따랐다. 낑낑대면서도 서로 조금이라도 더 힘을 쓰려는 향기 모녀의 모습이 낯설게 느껴졌다. 아줌마는 오른쪽 다리가 불편한 듯 절뚝거렸다. 두 사람은 시장 골목의 국밥집으로 들어갔다.
　연우는 가게 앞으로 더 다가가지 못하고 맞은편 건물 가장자리에 비스듬히 서서 국밥집을 바라봤다. 가게 앞에 있는 커다란 솥에서 뜨거운 순대 냄새가 퍼져 나왔다. 연우는 어릴 적에 아빠와 순댓국을 먹은 뒤 체한 적이 있었다. 그 이후로는 가위로 자르듯 끊어 버렸다. 순댓국을 먹는 것, 그리고 아빠와의 추억도.

향기네가 국밥집을 한다는 건 예전에 어디선가 소문으로 들었다. 하지만 그건 연우에게 중요한 게 아니었다. 연우는 국밥집 딸이라는 이유로 친구를 놀리거나 싫어할 만큼 유치하지는 않았다. 아마 향기가 국밥집 딸이 아니라 파스타집 딸이었어도 싫어했을 것이다.

책 읽는 것을 좋아하던 시절, 뒤 내용이 너무 궁금해 쉬는 시간에도 책을 붙들고 있던 때가 있었다. 그런 시간이 얼마간 지속되자 같이 놀던 친구들은 연우가 잘난 척을 한다며 절교를 선언했다. 그러나 연우는 아무리 떠올려 봐도 잘난 척을 한 적이 없었다. '이 책 재미있어. 어떤 내용이야'라는 정도로 이야기했었을 뿐.

그러고 나서 연우의 학교생활은 몹시도 괴로워졌다. 교실에 앉아 있는 아이들 중 그 누구도 연우의 말에 대답하지 않았다. 주먹으로 맞은 것도 아니었고 욕을 들은 것도 아니었다. 언제나 차가운 정적만이 따라올 뿐이었다.

마음도 몸처럼 퉁퉁 부을 수 있고, 때론 너덜너덜해질 수 있다는 걸 처음으로 깨달은 시간이었다. 그래서 그 후로는 쉬는 시간에 책을 본다거나 공부를 하는 일은 상상도 하지 못했다.

연우에게는 책을 보는 것보다 친구들과 어울리는 일이 훨씬 더 중요했다. 할 일이 없어도, 읽고 싶은 책이 있거나 하고 싶은 공부가 있어도 주위를 두리번거리며 눈치를 살폈다. 그러던 중에 쉬는 시간에도 떳떳하게 책을 펴 놓고 있는 향기의 모습이 눈에 들어왔다.

향기는 언제나 당당하고 스스럼없는 스타일이었다. 단짝 친구는 없지만 그때그때 성별 관계없이 아이들과 두루두루 어울렸다. 모르는 내용을 부끄러워하지 않고 질문할 줄 알았으며, 자신이 알고 있는 것들은 나서서 설명해 주고 싶어 했다.

몇몇 아이들은 향기를 보고 '파워 긍정왕'이라고 부르기도 했다. 반 아이들이 모두 짜증을 낼 때도 향기는 좋은 면을 얘기하는 경우가 많았기 때문이다. 체험 학습 장소가 경복궁으로 정해져서 모두가 투덜거릴 때, 전생이 떠올라서 자기는 경복궁이 좋다는 등의 말로 주위 몇 명을 결국 웃겨 버리는, 그런 식이었다.

연우는 비슷한 상황에서 주위만 살피는 자신과 달리, 언제나 당당한 향기 모습이 눈에 거슬렸다. '쟤 별로다'라는 생각이 들기 시작하자 향기의 모든 말과 행동이 다 싫어졌다. 점점 더 향기의 모습이 도드라져 보였다. 심지어 가끔씩 하준보다도 먼저 보일 정도였다.

연우는 한참을 멍하니 서 있었다. 다리를 절뚝거리는 아줌마와 무거운 봉지를 나눠 들고 가는 향기의 모습은 아무리 생각해도 부정적으로 볼 수 없었다. 연우는 잠시 입술을 비죽거리다가 용기 내어 국밥집 안을 들여다봤다.

향기가 앞치마를 두르고 가게 안을 바쁘게 돌아다녔다. 저녁 장사를 준비하는 모양이었다. 테이블을 닦고 청소하는 향기의 얼굴에서 미소가 떠나지 않았다. 주방에서 향기를 부르는 아줌마의 표정 역시 그 누구보다 따뜻해 보였다. 연우의 입에서 자그마한 한숨이 새어 나왔다.

그때 주머니에서 진동이 울렸다. 어김없이 엄마의 전화였다. 깜짝 놀란 연우는 서둘러 전화를 받았다.

"도착했지?"

"어, 응응."

"그래, 열심히 듣고. 이따 엄마가 데리러 갈까?"

"아니야. 혼자 갈 수 있어."

늦었다. 시간을 확인한 연우는 재빨리 뛰기 시작했다. 달려가도 지각이다. 엄마가 알면 또 난리가 날 텐데.

요즘 엄마는 학교 가는 것보다 인성 교육 가는 걸 더 중시했다. 인성 교육을 받으면 정말 금방이라도 인성이 좋아질 거라고 생각하는 건지.

*

 골목 모퉁이에 있는 이동 상회 간판도, 그 아래 늘어져 있는 노란 고양이도 지금은 주의 깊게 볼 여유가 없었다. 건물 여기저기서 삐걱대는 소리도 무시한 채 바쁘게 교실로 올라갔다.
 끼이익 소리를 내며 교실 문이 열렸다. 선생님 눈도 못 마주친 채 꾸벅, 인사만 하고는 항상 앉던 자리로 향했다.
 그런데, 이미 기둥 뒷자리가 채워져 있었다. 잠시 서 있었더니 자리 주인은 고개를 들어 연우의 얼굴을 빤히 바라봤다. 늘 옆자리에 앉던 너구리 눈이었다. 오늘따라 얼굴이 더 하얗게 보였다. 굳이 이렇게 시키면 화장을 하지 않아도 충분히 큰 눈이었다.
 잠시 연우를 바라보던 너구리 눈은 다시 고개를 숙였다. 그러고는 책상 아래 작은 수첩을 손에 꼭 쥐고 영어 단어를 외웠다. 어쩔 수 없이 연우는 너구리 눈의 옆에 자리를 잡았다.
 너구리 눈의 책상 속으로 슬쩍 시선을 옮겼다. 일기장의 아랫부분이 서랍 밖으로 살그머니 튀어나와 있었다. 마치 얼른 읽어 달라고 말하는 것처럼.
 그 부분을 계속 응시하는 게 이상했던지 너구리 눈이 다시 연우의 얼굴을 빤히 쳐다봤다. 연우는 아무 일도 없는 척 고개를 돌려 앞을 바라봤다.
 징계를 받고 나서는 해리와 있을 때도 되도록 향기를 흉보지 않으려고 했다. 향기가 떠올라 기분이 나빠지려고 할 때는 애써 다른 생각을 하려고 노력했다. 향기가 싫은 건 사실이지만 객관적으로 따져 봤을 때 욕먹고 뒷담화를 들을 만큼 향기가 잘못한 게 있지는 않았다.

그러니까 미안해 해야 하는 게 마땅했다. 있는 진심, 없는 진심 다 끄집어내 사과 편지까지 썼으니 이제는 마음의 짐을 조금 덜어 내도 괜찮지 않을까. 이런저런 생각을 하는 연우의 눈동자가 의미 없이 교실의 이곳저곳을 훑었다.

머릿속에서 향기에 대한 생각이 좀처럼 떠나지 않았다. 그동안 했던 뒷담화 중에 한 가지만 지울 수 있다면 제일 먼저 순대 냄새가 난다고 씹어 댔던 부분을 선택할 것이다.

국밥집 딸이라 무시하고 싫어한 건 아닌데, 그건 절대 아닌데. 그런 생각을 하자 지금 향기가 앞에 있는 것처럼 막막하기만 했다. 차마 고개를 들 수가 없었다.

그때 옆에 있는 너구리 눈이 문 쪽을 힐끔거리더니 자리에서 조심스럽게 일어났다. 조금만 움직여도 삐걱거리는 의자마저 아무런 소리를 내지 않을 만큼 살그머니. 그러더니 조용히 문손잡이를 돌려 열고는 밖으로 나갔다. 문을 여는 소리도, 계단을 내려가는 소리도 들리지 않았다.

몇 분 동안 분위기를 살피다가 연우는 오늘 너구리 눈이 앉았던, 원래 자기 자리로 슬쩍 옮겼다. 너구리 눈에게 자리를 빼앗기지 않으려면 앞으로는 좀 더 신경 써서 일찍 다녀야겠다고 생각했다.

책상 속에 손을 넣고 일기장을 만지작거렸다. 오늘은 또 어떤 내용이 쓰여 있을까. 읽기도 전에 배시시 미소가 번졌다.

10월 2일 월요일
가을은 계절의 여왕

세상에! 지난 영어 시험에서 내가 1등을 했다. 영어 시간에 큰 박수를 받았다. 비결을 알려 달라는 부탁이 끊이지 않았다.

나는 잠들기 전에 연습장을 한 장 뜯어 영어 단어 열 개를 적는다. 스펠링이 틀리지 않도록 주의해야 한다. 그리고 아침에 그 종이를 주머니에 넣어 간다. 일하면서 옆에 놓고 곁눈질로 계속 단어를 외운다.

하루에 단어 열 개씩만 외우자는 게 내 목표다. 밤마다 단어를 정리하는 게 귀찮을 때가 많았는데 이런 좋은 결과가 나오니 더 열심히 하고 싶다는 욕심이 생긴다. 이제 스무 개씩 외워 볼까?

영어 선생님이 길에서 본 사람의 티셔츠에 적힌 상표에 대해 이야기해 준 적이 있다. 'TONBOY'라고 쓰인 것이 톰보이인 줄 알고 입는 사람들 이야기였다. 톰보이 옷을 사 입는 게 우리 모두의 소망인데. 그러면서도 정작 우린 톰보이의 스펠링도 모르고 있었다니!

정말 슬픈 일이다. 내 얼굴이 다 화끈거렸다. 배움은 꼭 필요한 일이다. 사람은 죽을 때까지 항상 배워야 한다.

세계화 시대가 되면서 영어가 정말 중요한 과목이 된 듯하다. 나는 수학은 못해도 영어는 잘하니 얼마나 다행인가! 이 교실에서는 내가 영어를 제일 잘한다. 가만히 있으려고 해도 자꾸만 어깨가 으쓱거린다. 앞으로도 계속 잘할 수 있도록! 라디오에 나오는 팝송을 알아들을 수 있을 정도로!

요즘은 교복 입은 아이들을 봐도 이전처럼 마음이 힘들지 않은 것 같다. 내게도 이렇게 선생님들이 있고 기회가 있다는 게 얼마나 감사한지. 열심히 하자. 할 수 있다!!

영어를 잘한다는 일기장의 주인공. 영어 시험을 잘 봤다는 내용으로 일기장 한 페이지를 가득 채운 이 사람이 귀엽게 느껴졌다. 웃음을 참으며 어깨를 으쓱거리고 있을 주인공의 모습을 떠올리자 절로 미소가 지어졌다.

연우는 옅은 미소를 띤 채 일기를 읽고 또 읽었다. 어느 순간, 또박또박 적힌 글씨 위로 작은 단어장을 들고 있던 너구리 눈의 모습이 겹쳐 보였다. 그동안 왜 생각하지 못했던 걸까.

맙소사! 일기장의 주인공이 바로 너구리 눈인 것이다! 여기에 일기장을 숨겨 놨으니까 기를 쓰고 이 자리에 앉으려고 하는 거였네.

 화장을 진하게 하고 다니는 탓에 조금 무서워 보일 때도 있었다. 하지만 몇 편의 일기로 봤을 때, 너구리 눈은 누구보다 순수한 사람 같았다. 다만 노트를 고르는 취향만은 지독하게 촌스러운. 이걸 레트로 감성으로 이해해야 하는 걸까. 너구리 눈의 동그란 눈동자를 떠올리는데 왠지 또 웃음이 나왔다.

7

"서은이가 그러는데 박향기가 되게 착하대."

연우는 해리가 하는 말을 들으며 멍하니 가을 하늘을 바라봤다. 저 파란 하늘의 끝은 어디일까.

"솔직하고 털털한 성격이 좋다나. 서은이도 되게 웃기지?"

연우는 대답 없이 해리를 바라보다가 입속에 가볍게 공기를 불어 넣었다. 해리는 잠시 머뭇거리다가 다시 입을 열었다.

"근데 아무리 그래도 서은이 그렇게 향기한테 가 버리는 건 좀 그렇지 않아? 따지고 보면 뭐 뒷담을 너만 했냐. 자기도 같이 했잖아."

해리는 동의를 구하는 눈빛으로 연우를 바라봤다. 마침내 연우가 입을 열었다.

"가을 날씨 왜 이렇게 좋아? 이래서 사람들이 가을, 가을 하는 건가?"

연우의 말에 해리는 멋쩍은 듯 하늘을 올려다봤다. 연우가 요즘 대화를 나누는 친구라고는 해리밖에 없었다. 서은이 다시 말을 걸어올 거라고 기대해 보기도 했지만 여전히 향기와 붙어 다녔고, 반 아이들도 연우와 거리를 두고 있었다.

연우는 결국 서은에게 아무것도 물어보지 못했다. 껄끄러운 마음을 지닌 채 시간이 하루이틀 지나며 조금씩 더 멀어질 뿐이었다. 십 년 넘게 알고 지냈지만, 한순간에 남보다 못한 사이가 됐다는 느낌이 들었다.

서은이 없는 상태에서 해리와 단둘이 나누는 대화는 제한적이었다. 해리는 요즘도 향기 얘기를 많이 했다. 이전처럼 동의를 구하는 눈치였으나 연우는 그저 흘려버렸다.

아직도 향기에 대한 감정이 좋지 않은 건 사실이었다. 하지만 그 속마음을 절대 입 밖으로 내지는 않았다. 삼켜 버린 감정은 안에서 다른 마음들과 섞이고 합해져 아무것도 아닌 게 되기도 했다.

"김하준 요즘 키가 더 큰 것 같지 않아?"

해리의 말에 연우는 하준의 모습을 떠올렸다.

"어, 이제 백칠십 넘을 것 같더라."

"겨울 방학 지나고 오면 백팔십도 넘어 있는 거 아니야? 연우 짱, 또 반해 버리겠네."

연우는 오른쪽 눈 밑을 손톱으로 꾹 누르며 하준의 보조개를 따라했다. 그러나 이전처럼 가벼운 마음으로 웃음이 나오지는 않았다.

"너는 진짜로 관심 있는 애 없어?"

연우는 문득 해리가 좀처럼 자신에 대해서는 말하지 않는다는 걸 떠올렸다. 가끔 하는 오빠 험담을 제외하면 가족 얘기를 들은 적도 없었다. 해리마저 잃어버리지 않으려면 이제부터라도 더 관심을 가져야겠다고 생각했다.

"난 그런 거 없다니까."

해맑게 대답하는 해리의 모습을 바라보며 연우는 애써 조용히 미소 지었다.

"어! 생일 파티 하나 보다."

대로변에 있는 패밀리 레스토랑 앞을 지날 때였다. 해리가 걸음을 멈추고 레스토랑 안을 바라봤다. 테이블 위에 알록달록 화려한 생크림 케이크가 놓여 있었고, 그 앞에는 대여섯 살 정도 되어 보이는 여자아이가 고깔모자를 쓰고 있었다. 함박웃음을 짓고 있는 아이의 미소에서 절로 행복이 느껴졌다.

"연우짱은 이런 데서 생파 해 본 적 있어?"

"아니······."

레스토랑 직원들이 작은 악기를 하나씩 들고 생일 축하곡을 연주하고 있었다. 노래가 끝나고 나서는 가족사진을 찍어 주는 듯했다. 함께 있어 행복하고, 서로 아낌없이 사랑하는 가족······. 연우는 홀린 듯이 멈춰 서서 그 모습을 구경했다.

"나도. 근데, 이렇게 사람 많은 데서 떠들썩하게 축하받는 건 좀 부담스러워. 저 나이 때는 나도 좋아했을까?"

앉아 있던 남자가 자리에서 일어났다. 창가 쪽으로 자세를 돌렸다. 휴대폰에 아이의 독사진을 담는 듯했다. 해리는 창가로 다가가 장난스럽게 브이를 그렸다. 카메라 안에 자신의 모습이 나오도록.

사진을 찍던 아저씨가 고개를 들어 연우와 해리를 바라봤다. 그 순간, 깜짝 놀란 연우는 자기도 모르게 뒷걸음질을 쳤다.

"헉, 아저씨가 봤다."

해리는 대수롭지 않다는 듯이 말하며 천천히 걸음을 옮겼다. 연우는 숨을 가쁘게 쉬면서 해리 앞을 서둘러 지나쳤다.

"연우짱, 괜찮아. 천천히 가."

해리의 만류에도 연우는 얼른 이 장소를 벗어나야겠다는 생각뿐이었다.

*

10월 4일 수요일

높고 높은 가을 하늘

어제는 개천절이었지만 일이 많아 출근을 했다. 일감이 매년 더 늘어나는 게 실감이 난다. 작업이 손에 익으며 내 속도는 조금씩 빨라지는 것 같은데도 일감은 점점 쌓여만 간다. 자꾸만 지치고 힘들다는 생각이 든다. 높고 높은 가을 하늘을 보며 마음을 달래 본다.

국어 선생님이 새로 오셨다. 말투를 듣고 긴가민가했는데, 역시 고향 사람이 맞았다. 오랜 친구를 만난 것처럼 반가운 마음이 들었다. 나도 모르게 눈물이 나서 고개를 숙였다.

내가 구슬이보다도 어렸을 때, 아버지 손을 잡고 무학산에 종종 오르곤 했었다. 여중의 단발머리 학생들이 교복 입은 모습처럼 나도 당연히 그렇게 클 거라 생각했었다.

한 치 앞도 알지 못하는 게 인생이라더니. 아버지를 그렇게 빨리 잃을 줄 알았다면 잡은 손 더 꼭 쥐어 볼걸. 투덜거리지 말고 한 번이라도 더 같이 무학산에 오를걸. 더 견딜 수 없는 건 이런 추억도 없는 구슬이를 떠올릴 때다. 너무 마음이 아파서.

선생님은 아귀찜을 소개하셨다. 선생님 어머니는 고향에서 아귀찜 식당을 운영하신다고 한다. 우리 고향을 대표하는 음식이라는데 정작 나는 먹어 본 적이 없어서. 침만 삼킬 뿐이다.

무학산의 하늘도 지금 높고 파랗겠지.

곧 다시 만날 날을 기다리며.

자리를 빼앗길까 봐 서둘러 복지관에 도착해 일기를 읽는데 참을 수 없이 눈시울이 붉어졌다.

어제 레스토랑에 있던 아빠 모습을 본 뒤로 생각이 많아지고 계속 우울하던 참이었는데, 너구리 눈은 아버지가 일찍 돌아가셨나 보다. 연우는 다른 가정을 꾸리고 살아가는 아빠를 차라리 돌아가셨다고 생각하자고 마음을 다독일 때가 많았다. 아무리 해도 쉽지 않았지만.

혹시라도 일기장에 흔적이 남을까 봐 손으로 연신 눈물을 훔치던 중이었다. 교실 문이 열리더니 너구리 눈이 들어왔다.

너구리 눈이 저렇게 진한 화장을 하고 다니는 건 순수하면서도 아픔 많은 진짜 모습을 숨기기 위해서가 아닐까. 그 얼굴을 바라보자니 금방이라도 눈물이 쏟아질 것 같아 연우는 자리에 엎드려 버렸다.

자세한 사정은 모르겠지만 너구리 눈은 학교에도 다니지 못하고 숙소에 살면서 벌써부터 일을 하고 있는 듯했다. 또, 혼자 서울로 올라와 돈을 벌며 수시로 고향을 그리워하는 듯했다. 이런 상황이 다 너무 안타까워 연우는 엎드린 채로 눈물을 삼켰다.

여태까지 제일 불쌍한 사람은 연우 자신인 것 같았는데, 바로 옆에 이런 아이도 있었다니. 그러면서도 그 아픔을 들키지 않으려고 매일 진하게 아이라인을 그린다니. 동그랗게 눈을 뜨고 괜찮은 척하는 너구리 눈의 얼굴을 마주 볼 자신이 없어서 연우는 한동안 자리에서 일어나지 못했다.

연우가 집에 도착하자 엄마는 서둘러 주방에서 나왔다. 식탁에는 새로 생긴 가게에서 샀다는 밀키트가 하나 놓여 있었다.
"배고프지? 얼른 씻고 나와. 엄마가 찌개 끓여 줄게. 날이 추워져서 그런지 따뜻한 국물이 먹고 싶더라."
연우는 요리에 흥미도, 재능도 없는 엄마의 노력이 가상하게 느껴져 그저 피식 웃어 보였다. 엄마는 콧노래를 부르며 설명서에 쓰인 순서대로 조리하기 시작했다.
조금 더 일찍 이렇게 노력했다면 아빠와 함께 살 수 있었을까. 연우는 말도 안 되는 생각이라며 고개를 가로저었다. 똑같이 사회생활을 하는 입장에서 엄마에게만 집안일을 요구하는 건 불공평했다. 아빠는 엄마와 이혼한 이유를 '성격 차이'라고 했다. 엄마가 집안일에 소홀했다는 건 이혼 사유 중 극히 일부분에 불과할 것이다.
그때 휴대폰 진동이 울렸다. 왜 나쁜 예감은 피해 가지 않을까. 아빠의 전화였다. 몇 년 만의 연락인지……. 아빠도 어제 나를 봤음이 틀림없다. 연우는 전화를 받지도, 거절하지도 못하고 입술에 침을 적시며 그저 망설일 뿐이었다. 진동은 십 초 가량 이어지다가 조용히 끊어졌다.
부재중 전화의 흔적을 지우려고 휴대폰을 만지작거리고 있을 때 또다시 진동이 울렸다.

[연우야, 다음 주에 한번 볼 수 있을까? 꼭 주고 싶은 게 있어서 그러는데.]

갑작스러운 제안에 연우는 뭐라고 답을 써야 할지 몰라 입술만 뜯고 있었다. 다시는 아빠를 만나고 싶지 않다고 생각했었다. 아니, 만날 이유가 없다는 표현이 더 정확할 것이다.

아빠는, 엄마와 나를 버렸으니까. 그러고도 그렇게 행복하게 지내고 있으니까. 그럼에도 몇 년 만에 도착한 아빠의 연락을 차갑게 외면할 자신이 없었다. 한참을 우두커니 서서 휴대폰만 만지작거렸다.

"연우야, 저녁 먹자."

모처럼 집 안에 찌개 끓는 냄새가 퍼졌다. 늘 차가운 정적만이 감돌던 집에 연우가 막연하게 그리워하던 풍경이 있었다. 밥 먹으라는 엄마의 목소리도 함께.

*

"엄마 건강은 좀 괜찮아?"

연우의 얼굴을 마주한 아빠의 첫 질문은 엄마에 대한 것이었다. 입술이 뾰로통하게 튀어나온 연우는 대답하지 않고 아빠의 얼굴을 빤히 쳐다봤다. 어이없게도 어릴 적 기억 속에 있던 아빠의 모습에서 조금도 변하지 않았다. 그때보다 얼굴에 살이 붙어 오히려 더 인상이 좋아 보였다.

문득 아빠의 행복이 얄밉다는 생각이 들었다. 연우는 눈을 한 번 깜빡이고는 대답 없이 창밖으로 시선을 돌렸다.

몇 번의 연락을 모두 무시했지만 아빠는 쉽게 포기하지 않았다. 꼭 주고 싶은 게 있다며 계속해서 연우를 설득했다. 하지만 연우는 그 '주고 싶은 것'이 궁금하지도 기대되지도 않았다. 그럼에도 결국 이 자리까지 나오게 된 이유는 무엇일까. 연우는 스스로에게도 대답할 수 없었다.

"그간 잘 지냈어?"

연우는 다시 고개를 돌려 아빠를 바라봤다. 앞에 있는 아빠를 뭐라고 불러야 할지도 알 수 없었다.

"많이 컸구나. 하긴, 이제 중학교 2학년이니까."

계속 대답이 없는 연우 앞에서 아빠는 난처한 표정을 지었다.

"걔는 몇 살이야?"

연우는 갑자기 튀어나온 질문에 스스로 놀랐다. 그 아이를 전혀 의식하지 않는다고 생각했기 때문이다.

"선우. 이제 다섯 살이야."

"행복해?"

연우는 아빠를 향해 눈을 흘기며 질문을 던졌다. 이미 너무나도 행복해 보였지만 아빠가 그런 감정에 당당해서는 절대 안 된다고 생각했다. 버려진 사람들은 조금도 행복하지 않으니까. 아빠는 연우의 얼굴을 가만히 응시하더니 천천히 입을 열었다.

"미안하다."

다행이었다. 아빠 입에서 행복하다는 말을 듣는다면 엄마와 자신은 더 불행하다는 뜻일 테니까. 그렇다면 당당하게 행복할 자신도 없으면서 왜 미안한 마음을 가지고 살아가는 쪽을 선택했는지, 정말 엄마와 갈라설 수밖에 없었던 건지……. 아빠의 먹먹한 눈빛을 연우는 가만히 응시했다.

어릴 적부터 아빠가 떠오를 때마다 저주의 주문을 외우곤 했다. 원망과 분노에 가려져 그리움은 느껴 본 적도 없었다. 아빠가 더 아프고 불행하기만 빌었다. 연우는 오랫동안 담아 뒀던 말들이 금방이라도 쏟아져 나올 것 같아 입술을 더 꾹 다물었다.

"이거, 너 주려고 모은 거야."

아빠는 테이블 위로 은행 통장과 카드를 건넸다.

"대학 등록금이랑 결혼 자금 같은 것도 아빠가 힘닿는 데까지 해 줄 거야. 그러니까 걱정하지 말고, 하고 싶은 거 다 하면서 즐겁게 살아."

연우는 잠자코 통장을 바라보며 생각에 잠겼다. 아빠가 팔을 쭉 뻗어 연우의 손 가까이로 통장을 밀었다. 이윽고 연우는 이것을 충분히 받을 자격이 있다는 결론을 내렸다. 그래서 아무 말 없이 통장을 가방에 넣었다. 그런 연우의 모습을 아빠는 그저 지켜보고 있었다.

연우는 침을 한 번 꼴깍 삼키고 천천히 입을 열었다. 어려서부터 겹겹이 쌓여 있던 말이었다. 이 말을 입 밖으로 꺼내기까지 자그마치 몇 년이 걸렸다. 눈물과 함께 삼키고 또 삼켰던 말을 결국 이렇게 갑작스러운 순간에 꺼내게 되었다.

"나는 이런 것보다, 주말이면 손잡고 같이 나들이 갈 아빠가 필요했어. 같이 맛있는 거 먹으면서 오늘 하루 있었던 일을 이야기할 아빠가 필요했어……."

눈시울이 붉어지는 것을 느낀 연우는 서둘러 자리에서 일어났다. 오랫동안 마음속에 담고 있었던 말들을 내뱉어서인지 몸도 한결 가벼워진 느낌이었다.

8

10월 9일 월요일
가을비 주룩주룩

가을비도 주룩주룩, 내 마음도 주룩주룩 흘러내린다. 머리도 너무 아프다.

어제도 오늘도 꾸중을 들었다. 실장님은 자꾸 일감이 쌓여 가는 게 내 잘못이라고 했다. 속도가 너무 느리다며, 옆에 꺼내 놓은 단어장도 구겨 버렸다.

자존심이 상했다. 여태까지는 혼날 때마다 내가 못하기 때문이라고 생각했다. 그런데 경희 역시 그렇게 혼나고 있다는 것이 아닌가! 나는 몰라도 경희가 일을 못하거나 느리게 한다는 건 말도 되지 않는다.

현실적으로 작업량은 점점 늘어나는데 그만두는 사람들이 많아지지 않았는가. 지난달에 미숙이와 수희도 그만두고, 이번 달엔 같은 방을 쓰던 명희도 그만뒀다.

그런데 인원을 늘릴 생각은 하지 않고 남은 사람들에게 일을 더 몰아주며 채찍질을 하고 있다. 아무리 생각해 봐도 주어진 일감 자체가 혼자 해낼 수 있을 만큼의 양이 아닌 것 같다.

매 끼니마다 약을 먹지만 두통이 나아지질 않는다. 어젯밤에는 코피가 주르륵 흘러내렸다. 잠이 부족한 탓이겠지. 지끈지끈 두통. 자고 나면 사라질까. 오늘은 눈썹 위를 손톱으로 꽉 꼬집고 수업을 들어야겠다.

요즘 너구리 눈의 일기는 눈물 없이 읽을 수 없을 지경이었다. 매 끼니마다 약을 먹지만 두통이 나아지질 않는다는 구절을 읽으면서 연우는 실제로 두통이 느껴지는 듯 인상을 잔뜩 찌푸렸다.

일이 많이 힘든 모양이었다. 그런 중에도 눈썹 위를 손톱으로 꼬집고 수업을 들어야겠다는 이 고집은 뭘까.

연우는 휴대폰 시계를 확인했다. 아직 수업이 시작되려면 이십 분이 남았다. 자리에서 일어난 연우는 서둘러 밖으로 나갔다. 언제부턴가 1층에 있던 할머니는 매일 같이 자리를 비운 상태였다.

오늘도 이동 상회 문은 굳게 닫혀 있었다. 연우가 이동 상회 문 쪽으로 다가가자 앞에 앉아 있던 고양이가 털을 뾰족하게 세우고 경계했다. 어차피 이동 상회 안에는 살 만한 것도 없었다. 여전히 커다란 자물쇠만이 지키고 있을 뿐.

큰 골목으로 나오자 편의점이 있었다. 어두컴컴하고 낡은 복지관에 있다가 환한 편의점에 오니 시간 여행이라도 한 것 같은 기분이 들었다. 연우는 조그만 목소리로 두통, 코피를 되뇌었다.

엄마가 빈혈로 힘들어할 때마다 주스를 찾았던 기억을 떠올리며 음료 코너로 걸음을 옮겼다. 오렌지 주스를 한 병 꺼내 들었다. 그리고 카운터 앞에서 단백질 영양 바도 하나 샀다. 너구리 눈은 일이 바빠 잘 챙겨 먹지 못할 테니까.

다행히 아직 너구리 눈은 교실에 도착하지 않았다. 연우는 너구리 눈이 앉을 책상 위에 주스와 영양 바를 올려놓았다. 뭐라고 말하면서 이걸 줘야 할까. 차마 일기장을 봤다고 말할 수는 없을 것이다. 에라, 모르겠다. 연우는 자리에 엎드려 잠을 청했다.

*

서은과 향기 주위에 아이들이 점점 많아졌다. 무슨 내용의 대화를 주고받는지 웃음소리가 끊이지 않았다. 연우는 혼자 조용히 자리에 앉아 멍하니 두 사람 쪽을 바라봤다.

지난번처럼 쉬는 시간에 책을 보고 공부를 한 것도 아니었다. 잘나가는 아이들처럼 뒷담화를 일삼았을 뿐인데 왜 또 이렇게 소외되어 버린 걸까. 멀리서 웃고 있는 서은의 모습이 낯설게만 느껴졌다.

그때 앞문으로 반가운 얼굴이 들어왔다. 유일한 친구, 해리. 해리는 교실에 들어오자마자 연우에게 다가왔다. 그런데 오늘은 유난히도 어두운 표정이었다.

"연우짱, 어떡해……."

"왜? 무슨 일 있어?"

지난 경험을 통해 아무 짓을 하지 않아도 이상한 일이 생길 수 있다는 걸 알게 된 연우는 순간적으로 등골이 오싹해졌다.

"김하준 전학 간다는데?"

"어, 어?"

"조금 전에 복도에서 담임이랑 하는 말 들었어."

"갑자기?"

꿈에도 상상하지 못한 소식이었다. 눈앞에서 하준이 사라진다면 장담하건대 학교생활은 백 배 더 괴로워질 것이다. 연우는 아무 일 없는 것처럼 교실에 들어오는 하준의 모습을 조금도 놓치지 않으려는 듯이 두 눈에 꼼꼼하게 담았다.

하준의 마지막 등교일이 되었다. 어쩌면 이제 다시는 하준을 볼 수 없을 거라는 걸 알면서도 연우는 아무것도 할 수 없었다. 가끔씩 눈이 마주치면 먼저 피했고, 혹시 하준이 어떤 말이라도 걸까 봐 가까이 다가가지도 못했다.

"괜찮아. 눈에서 멀어지면 마음도 멀어진댔어."

연우는 해리 앞에서도 본심을 감출 수밖에 없었다. 해리의 지나친 걱정이 부담스러웠기 때문이다. 그러면서도 벌써부터 가슴 한구석이 텅 비어 버린 듯한 느낌이었다.

집으로 돌아오는 길에 연우는 가슴 윗부분을 손으로 꾹 눌렀다. 며칠째 이 부분이 쓰리고 아팠다. 여기 어딘가에 마음이라는 게 정말 있긴 한가 보다. 중얼거리면서도 낫게 할 방법은 찾지 못했다.

10월 21일 토요일
선선한 바람이 기분 좋아 ♬

무슨 일이 있더라도 내일은 꼭 쉬어야겠다고 실장님께 말했다. 옆에서 경희가 도와주었다. 실장님은 당황한 표정이었지만 이번 달에 휴일이 하나도 없었으니 무조건 허락!

내일 정수 오빠와 만나기로 했다. 여름에 명희가 가져왔던 주간중앙을 보며 누구에게 편지를 보내는 게 좋을지 고민했던 게 엊그제 같은데, 벌써 3개월째 연락이 이어졌다니 꿈만 같다.

정수 오빠와는 말이 잘 통한다. 편지를 주고받다 보면 우리 생각이 서로 비슷하다는 느낌을 받는다.

게다가 고향도 가깝다. 오빠는 키 백칠십오에 호리호리한 체형이라고 했지만 경희는 기대하지 말라고 했다. 거짓말을 하는 사람들이 많아서 직접 눈으로 보기 전에는 알 수 없는 거라고.

그런데 솔직히 말하면 내 머릿속에서 정수 오빠는 자꾸만 신성일의 얼굴로 그려진다. 떠오르는 걸 어쩔 수는 없는 거니까.

데이트 준비는 뭘 어떻게 해야 하는 거지? 데이트 때 입을 옷부터 정했다. 니트와 청바지를 빳빳하게 다렸다. 경희는 이런 걸 누가 다려 입냐고 웃었지만, 마음을 반듯하게 세우는 나만의 과정이다.

쭈글쭈글했던 내 마음도 반듯하게 펴지는 것만 같다. 다리미에서 치이익 소리가 날 땐 내 마음도 덩달아 끓는 것 같기도 하다. 낡은 신발이 마음에 걸리긴 하지만 어쩔 수 없다. 신발은 잘 안 보이니까 괜찮을 거다. 내일이 너무너무 기다려진다.

10월 23일 월요일
달콤한 공기, 시원한 바람

일요일 오후 2시, 청량리 시계탑 앞에서 청 재킷에 청바지를 입은 남자를 열심히 찾았지만 누가 정수 오빠인지 알 수가 없었다. 어찌나 사람이 많은지, 나는 약속대로 두 팔을 들고 작게 손뼉을 치기 시작했다.

　엄청 부끄러웠다. 고개를 푹 숙이고 손뼉을 치고 있는데 키가 크고 얼굴이 하얀 남자가 다가왔다. 날 보고 씨익 웃는데 오른쪽 눈 밑에 쏙 들어가는 보조개가 있었다. 너무 귀여웠다. 키는 백칠십오보다 더 커 보였고 호리호리하다고 말하기도 안타까울 만큼 삐쩍 마른 체형이었다.

　오빠의 안내에 따라 역전 다방으로 향했다. 나는 코코아를 좋아하지만 데이트할 때 커피를 마셔야 멋있어 보인다는 경희의 말을 떠올려 커피우유를 주문했다. 쓴맛이 적응되지 않아 천천히 한 모금씩 마셨다.

　오빠의 말을 듣고 있다 보면 금방이라도 고향에 돌아온 것 같다. 우리 사투리가 이렇게 친근하고 따뜻한지 몰랐다. 그동안 주고받은 편지가 많긴 했는지 서로에 대해 우리는 이미 많이 알고 있었다.

　오빠는 다음 휴일에 가까운 데로 기차 여행을 가자고 제안했다. 데이트 신청을 받은 나는 열심히 고개를 끄덕였다.

　오빠네 역시 우리만큼 사정이 안 좋은가 보다. 오빠는 갑자기 비상근무가 잡혀 저녁에는 일을 해야 한다고 서둘러 복귀했다. 다음 만남을 기약하며.

　오빠가 다음엔 서로 더 알아보기 쉽게 표시를 하자며 노란 손수건을 주었다. 이걸 같이 손목에 두르고 나오자고 했다.

동대문 가는 버스가 한참 동안 오지 않았다. 얼마 전에 또 안내양 사고가 있었다는데 안타까울 뿐이다. 오빠와 더 오래 있을 수 있는 건 좋았지만. 오빠 말대로 다음 만남까지 더 건강하게 잘 지낼 수 있도록.

모처럼 재미있는 내용의 일기였다. 그런데 너구리 눈은 보기보다 나이가 좀 많은 걸까?

편지를 주고받아 남자 친구를 만들고 다방에서 데이트를 한다는 게 연우 입장에서는 낯설기만 했다. 노트를 고르는 취향만큼이나 데이트하는 방식도 촌스러웠다. 게다가 노란 손수건 선물이라니. 정말 웃음이 나올 뿐이었다.

오늘 너구리 눈의 얼굴을 보면 웃음을 참기 어려울 것 같다. 얼레리꼴레리, 정수 오빠랑 너구리 눈은 그렇고 그렇대요. 노래를 부르며 놀려 줘야 할까. 연우의 머릿속에 일기장의 내용보다 더 유치하고 촌스러운 멜로디가 맴돌았다.

그때 교실 문이 끼이익 소리를 내며 열렸다. 평소처럼 시커멓고 진한 아이라인을 그린 모습의 너구리 눈이었다. 기분 탓인지 너구리 눈의 볼이 약간 상기되어 있는 것 같았다. 사랑에 빠지면 예뻐진다는 게 저런 볼 터치 효과 때문일까. 연우는 터져 나오려는 웃음을 참기 위해 두 입술을 꾹 다물고 너구리 눈의 반대편으로 고개를 돌렸다.

오늘도 인성 교육은 뒷전이었다. 너구리 눈은 책상 아래에 수첩을 들고 열심히 영어 단어를 외우고 있었다. 연우는 휑한 교실 안을 눈으로 죽 훑었다. 학교에서는 이렇게 고개를 돌리다 보면 하준을 볼 수 있었다. 하준은 지금 이사 준비를 하고 있을까.

살며시 두 눈을 감았다. 너구리 눈이 정수 오빠 앞에서 수줍어하는 모습을 떠올려 봤다. 피식 웃음이 나왔다. 키가 크고 호리호리한 체형에, 정수 오빠도 눈 밑 보조개가 있다고 했다.

무슨 이런 우연이 다 있을까. 정수 오빠를 떠올려 보려는데 자꾸만 하준이 생각났다. 고개를 가로저었지만, 허공에 한가득 떠오른 하준의 얼굴은 쉽게 사라지지 않았다.

어떤 논리로 이런 결론을 얻었는지는 모르겠다. 하지만 어느새 연우의 머릿속에는 얼른 하준을 만나야겠다는 생각만이 가득해졌다. 더 늦으면 기회가 없을 테니까. 청량리 시계탑 앞에서 정수 오빠를 만나기 위해 박수를 친 너구리 눈처럼 용기를 내 보면 어떨까. 부끄러움을 무릅쓰고 너구리 눈도 해내지 않았는가.

연우는 충동적으로 자리에서 일어났다. 의자가 삐거덕거리는 소리를 내며 연우의 움직임을 알렸다. 너구리 눈이 눈을 동그랗게 뜨고 연우를 바라봤다.

서둘러 지하철에 몸을 실은 연우는 메신저에서 하준의 프로필을 찾았다. 수시로 하준의 프로필을 구경하긴 했지만 개인 톡을 주고받은 적은 한 번도 없었다. 텅 빈 채팅 창을 띄워 놓고 연우는 무작정 글자를 입력하기 시작했다. 몇 번이나 지웠다 다시 썼다를 반복한 끝에 겨우 한 문장을 완성했다.

[잠깐 나올 수 있어?]

전송하자마자 메시지 옆의 '1' 표시가 사라졌다. 심장이 마구 쿵쾅거렸다. 정수 오빠를 만나러 갈 때 너구리 눈의 마음도 이랬겠지.

하지만 두 사람은 막상 대화를 나누고 시간을 보내다 보니 한결 편안해진 것 같았다. 너구리 눈처럼 용기를 내자. 연우는 가볍게 주먹을 쥐었다 놓았다. 그러는 사이 하준에게 답장이 왔다.

[지금? 어딘데?]

연우는 심호흡을 하면서 내용을 입력했다. 이미 주사위는 던져졌다.

[이십 분 뒤에 너네 집 앞으로 갈게.]

하준에게서 커다란 동그라미를 그리고 있는 이모티콘이 전송

됐다.

저 멀리 하준의 모습이 보였다. 운동복 차림에 야구 모자를 눌러쓴 하준은 평소보다 더 어른스러웠다. 연우를 발견한 하준은 한 손을 흔들며 보조개가 쏙 들어갈 정도로 웃어 보였다.

뭐라고 말해야 할지 고민하는 사이에 연우는 하준의 바로 앞까지 도착해 버렸다. 하준의 얼굴을 가까이서 마주 보자 지금 이 상황이 꿈 같았다.

주위만 두리번거리며 머뭇거리는 연우 대신 하준이 먼저 입을 열었다.

"무슨 일이야?"

연우는 겨우 입술을 뗐지만 차마 말이 나오지 않았다. 사실 무슨 말을 어떻게 해야 할지 모르겠다는 게 더 정확한 표현이었다. 일단 그냥 보고 싶었을 뿐이었다.

너구리 눈은 정수 오빠 앞에서 무슨 말을 할지 미리 다 생각했던 걸까. 일기를 좀 더 자세히 볼걸 그랬다. 이런저런 생각을 하며 멀뚱히 서 있는 연우를 보고는 하준이 씩 웃더니 입을 열었다.

"나 내일 이사 가."

"아, 그래. 어디로 가는 거야?"

"부산. 넌 부산 가 봤어?"

연우는 가볍게 고개를 가로저었다. 엄마의 고향 근처 대도시.

가 본 적은 없지만 여기에서 엄청 멀다는 건 알고 있었다. 둘 사이에 잠시 동안 정적이 흘렀다. 너구리 눈도 정수 오빠와 대화를 나눌 때 이런 분위기였을까.

그때 과일을 파는 트럭이 등장하더니 갑자기 주위가 소란스러워졌다. 이런 소음마저 반가울 따름이었다. 연우는 용기 내어 다시 하준을 바라봤다. 그러고는 천천히 입을 열었다.

"다 크고 나서 우리 한번 만날 수 있으면 좋겠다."

트럭의 소음에 말을 알아듣지 못한 하준은 가볍게 되물었다.

"저기······. 나중에 한번 보자고."

거대했던 감정은 거르고 걸러져서 이렇게 간단하게 전달되었다. 하준은 웃으며 대답했다.

"당연하지. 부산 오면 연락해. 우리 반 애들 같이 와도 좋겠다."

연우는 덩달아 고개를 끄덕였다. 미소가 절로 지어졌다.

"고마워."

하준의 말에 연우는 영문도 모른 채 또 고개를 끄덕여 버렸다. 하준이 악수를 청했다. 연우는 가볍게 하준의 손을 잡았다. 둘은 마주 본 채로 싱긋이 웃었다. 하준의 눈 아래 보조개가 깊이 패어 있었다.

9

"엄마, 벌써 왔어?"

집에 도착한 연우는 창문에서 들어오는 냉기에 몸을 움츠렸다. 하루가 다르게 바람이 차가워지고 있었다. 연우가 하교했을 때 엄마가 집에 있는 날은 극히 드물었다. 그런데 오늘 엄마는 연우의 책상 앞에 앉아 있었다.

"웬일로 이렇게 일찍 왔어?"

연우는 창문을 닫으며 물었지만 엄마의 대답은 들리지 않았다. 연우는 엄마에게 다가갔다. 엄마 앞에는 아빠한테 받은 통장이 놓여 있었다. 엄마가 고개를 들어 연우 얼굴을 올려다봤다.

"어, 이거……."

"언제 만났어?"

"얼마 전에, 한 2주 됐나?"

"너는, 왜 엄마한테 얘기를 안 해?"

"갑자기 만난 거라 정신이 없었어."

연우는 이제야 아빠가 준 통장을 열어 봤다. 생각보다 큰 액수의 돈이 통장에 들어 있었다.

"아빠랑 계속 연락하고 있었어?"

"아니. 내가 왜 연락을 해?"

"근데 왜 엄마 모르게 이런 걸 받아 와?"

"나도 안 받으려고 했어."

"그래서 뭐라디?"

"엄마 건강은 괜찮냐고 물어보던데?"

할 말을 잃은 엄마는 시뻘게진 얼굴을 들어 허공을 바라봤다. 아빠와 나눈 대화 내용을 엄마에게 숨길 이유는 없었다. 연우는 다시 입을 열었다.

"대학 등록금이랑 결혼 자금까지 다 해 줄 거니까 걱정하지 말고 잘 지내래. 별 얘기 안 했어. 진짜야."

엄마가 연우 손에 들린 통장을 빼앗았다. 길을 지나다 아빠를 우연히 본 게 기억난 연우는 이어서 말했다.

"사실, 해리랑 있다가 레스토랑에서 애기 생일 파티 하는 걸 봤어. 엄마도 알아? 벌써 다섯 살이래. 이름이 선우라던데? 일부러 나랑 비슷하게 지은 건가?"

엄마는 손을 부들부들 떨면서 통장을 구겨 버렸다.

"돈 받지 마. 이제 네 아빠 아니고, 이런 돈 받을 필요 없어. 이건 얼른 다시 갖다 줘."

"아빠가 나한테 해 준 것도 없는데 돈이라도 받으면 안 돼? 난 돈 받을 자격은 있다고 생각했어."

"이런 돈 안 받아도 먹고살 수 있잖아!"

"그래도 넉넉하지는 않은 게 사실이잖아. 돈 받은 게 뭐 그렇게 잘못이야?"

"시끄럽고, 얼른 돌려주고 와."

엄마는 구겨진 통장을 책상 위에 내던지며 소리쳤다. 감정이 고조된 연우 역시 목소리가 커졌다.

"그렇게 받기 싫으면 엄마가 갖다 주든가. 엄마 아빠 사이에서 내가 언제까지 이렇게 힘들어야 돼?"

엄마의 온몸이 부르르 떨리고 있었다. 엄마는 입술을 살짝 벌렸다가 꽉 깨물었다. 연우는 이 상황을 견디기 힘들어 엄마를 뒤로 하고 방에서 나왔다. 닫히는 문 사이로 엄마의 마른 몸이 휘청거리는 것 같았다.

*

10월 30일 월요일
차가워지는 바람

정수 오빠에게서 편지가 왔다. 다음 달에 약속 날짜를 잡자는 내용이었다. 반가운 마음이었지만 약속을 잡기는 어려웠다. 일은 점점 더 많아지기만 한다. 언제 또 쉴 수 있을지 몰라서 모르겠다는 답장을 쓰며 한숨만 푹푹 내쉬었다.

내 마음은 이미 비둘기호 열차에 올라 있다. 대학생들 사이에서 우리도 기차 여행 가는 기분은 어떨까? 대학생들은 기타를 치며 노래 부르고 있을까?

정수 오빠의 보조개가 자꾸만 아른거린다. 밥을 안 먹었는데 배도 안 고픈 것 같고, 잠을 안 잤는데 졸리지도 않은 것 같은 기분! 이 와중에도 머리는 계속 아프긴 하지만.

오늘 국어 선생님이 긍정적인 자세의 중요성에 대해 알려 주셨다. 무엇이든 긍정적으로 생각해야 일이 잘 풀린다고. 빵 한 조각에도 감사하는 마음을 갖고 생활하는 것이 중요하다고.

그래서 이제 일기를 쓸 때마다 감사하다는 문장으로 끝맺고자 한다. 저녁으로 나온 빵 한 조각도, 이렇게 좋은 선생님과 좋은 친구들과 함께 공부를 할 수 있는 것도 감사하다, 감사하다! 참, 정수 오빠를 알게 된 것도!

사람들이 연애소설을 좋아하는 이유가 있었다. 요즘은 너구리 눈의 일기가 더 재미있고 기대됐다. 남자 친구와 기차 여행이라. 연우는 차마 상상해 보지도 못한 데이트였다.

지금쯤 하준은 새로운 집과 학교에 잘 적응했겠지. 언제나 밝고 긍정적인 성격의 하준이니까. 이제 같은 교실에서 볼 수는 없지만 하준을 알게 되고 좋아할 수 있었다는 게 감사했다.

너구리 눈의 일기를 읽다 보니 긍정 바이러스가 전염되었나 보다. 연우는 평소와 다른 자신의 모습에 신기함을 느껴 멋쩍은 듯 미소 지었다.

집에서 가지고 나온 빵을 가방에서 꺼냈다. 최근 퇴근도 일찍 하고 요리 연습도 하던 엄마는 요 며칠 사이 많이 바빠져 다시 집안일에 소홀해졌다. 어제는 자정이 넘어서야 겨우 집에 들어온 것 같았다.

그렇게 바쁘고 힘들면 다림질 정도는 건너뛰어도 될 텐데, 어김없이 새벽마다 옷을 다리고 있는 엄마를 도무지 이해할 수 없었다. 엄마는 힘들수록 옷은 더 반듯하게 입어야 한다고 말한다.

다림질이 그렇게도 중요한 걸까. 창백한 얼굴로 다림질에 집중하는 엄마. 오늘 아침엔 가만히 서서 그 모습을 바라보고 있었더니 엄마가 천천히 고개를 들었다. 마주한 엄마의 무표정은 평생 웃음을 모르고 살았다는 걸 증명하는 것 같았다.

그 이후로 다시는 통장에 관한 이야기를 나누지 않았다. 늘 그래 왔듯 아빠와 관련된 것은 모두 금기어였다. 다 구겨진 통장은 그날의 모습 그대로 책상 위에 덩그러니 놓여 있을 뿐이다.

아침저녁으로 간단하게 먹을 수 있는 음식만 찾다 보니 집에는 빵만 늘어났다. 한입 베어 문 순간, 곰보빵의 부스러기가 눈 내리듯 떨어졌다. 너구리 눈의 일기장이 더러워질까 걱정이 된 연우는 주머니에서 휴지를 꺼내 부스러기를 털어 내기 시작했다. '빵 한 조각에도 감사하는 마음을 갖고'라는 구절에서 시선이 멈췄다.

요즘 너구리 눈은 식사도 제대로 못 하는 게 틀림없었다. 서둘러 가방 안을 살펴보니 빵이 하나 더 있었다. 연우는 빵을 꺼내 너구리 눈의 책상 위에 슬그머니 올려놓았다.

고개를 숙여 휴대폰을 보고 있을 때였다. 연우의 팔을 너구리 눈이 한 손가락으로 툭 쳤다. 연우가 바라보자 너구리 눈은 손가락으로 책상 위에 놓인 빵을 가리켰다. 이 빵이 어디서 난 건지 물어보는 것 같았다.

연우는 모르겠다는 듯이 양쪽 어깨를 들어 보였다. 알지도 못하는 사이에 맛있게 먹으라는 말을 하는 건 생각만 해도 오글거렸다. 또, 반말을 해야 할지, 존댓말을 해야 할지 애매한 것도 문제였다.

너구리 눈 역시 같은 고민을 하고 있는지도 모른다. 그러지 않고서야 손가락으로만 소통을 할 리가. 처음에 너구리 눈의 목소리를 들어 본 것 같은데 그때 너구리 눈은 반말을 했던가, 존댓말을 했던가?

너구리 눈은 빵을 선뜻 먹지 못하고 부스럭거리는 소리를 내며 껍질만 만지작거리고 있었다.

*

"지하철 타고 가?"

한참 전에 먼저 교실을 나간 너구리 눈이 이동 상회 앞에 서 있었다. 놀란 연우는 그저 고개를 끄덕였다.

"그럼 내가 역까지 같이 가도 되지? 엄마가 데리러 오는데 조금 늦는다고 해서."

"어? 어."

너구리 눈의 목소리는 생각보다 더 어린 느낌이었다. 일기장 내용으로 보면 두세 살 이상은 많을 것 같았는데, 얼굴도 목소리도 이렇게 동안이라니. 시커먼 화장으로 얼굴을 가리고 있을 뿐, 내면이 얼마나 섬세하고 순수한지 연우는 이미 다 알고 있었다.

"몇 살이야?"

참지 못한 연우가 질문을 건넸다. 너구리 눈은 시커먼 눈을 찡긋하며 웃어 보였다.

"열다섯, 너는?"

"나도."

"우리 둘이 똑같네."

해리 말고 다른 친구와 대화를 나누는 게 얼마나 오랜만인지.

해리 이외의 누군가와 '우리'로 묶이는 게 얼마나 오랜만인지…….
연우는 자기도 모르게 눈물이 핑 돌았다. 믿기지 않았지만 같은 나이라고 생각하자 마음이 한결 편해졌다.

"배고프겠다."

저녁 근무를 마치고 빵 한 조각으로 배를 채운 뒤 교육을 들으러 오는 너구리 눈이 짠해 보였다. 이렇게 아무렇지 않게 웃고 있어도 사실은 얼마나 마음이 힘든지, 연우는 다 알고 있었다.

"아니, 괜찮아. 라면 먹고 왔어."

라면을 먹고 왔다고? 너구리 눈을 바라보는 연우의 눈동자가 동그래졌다. 그리고 잠깐, 너구리 눈은 좀 전에 엄마가 데리러 온다고 하지 않았던가. 일기를 보면 엄마는 고향에 있고 너구리 눈만 서울에 와 있는 것 같았는데.

"빵 한 조각이 아니고?"

연우의 질문에 너구리 눈은 알 수 없다는 듯이 싱긋 웃었다. 연우는 자기 입에서 나온 '빵 한 조각'이라는 표현이 꽤 촌스럽다는 걸 떠올렸다.

"아까 빵도 주고, 지난주에 주스도 네가 준 거지?"

"어어."

"고마워."

몇 마디 나누지도 않은 것 같은데 어느새 지하철역이 눈앞에 있었다. 연우는 너구리 눈을 물끄러미 살폈다. 너구리 눈은 언제나 교실에 연우보다 늦게 왔다가 더 일찍 나갔다. 그러면 일기는 언제 쓰는 걸까.

"다른 요일에도 여기 복지관에 와?"

"아니?"

"그럼 일기는 언제 써?"

생각지도 못한 질문이라는 듯이 너구리 눈은 연우를 쳐다보며 의아한 표정을 지었다.

"나는 일기 같은 거 안 쓰는데?"

순간 연우의 등골이 서늘해졌다. 착해 보이는 동그란 눈동자가 거짓말을 하는 것 같지는 않았다. 이어서 연우가 다시 입술을 움직이며 무슨 말을 하려고 했을 때, 너구리 눈은 이미 손을 흔들며 인사를 건네고 있었다.

"다음 주에 보자. 엄마 도착했대."

연우는 입을 헤벌리고 잔뜩 굳어 선 채로 너구리 눈의 뒷모습을 응시했다.

10

11월 2일 목요일
겨울옷을 꺼내 입다

저녁 바람이 차가워져서 겨울 외투를 입으려고 했는데 아무리 찾아도 보이지 않았다. 작년에 엄마가 보내 주신 옷이 어디에 갔는지 가슴이 덜컥 내려앉았다.

결국 찾지 못하고 가을 외투를 입고 야간 근무까지 끝내고 왔는데 뒤늦게 들어오는 영자가 입고 있는 옷이 바로 내 옷! 영자가 내 옷을 입었다니!

영자와는 안 맞는다. 지난번 일기장 사건도 그렇고. 영자와 있으면 숨이 턱턱 막히는 것 같다. 영자에게 지금 당장 내 옷을 내놓으라고 했다.

'언니, 미안해' 모기처럼 작은 목소리로 사과를 하면서 영자는 옷을 건넸다. '너는 도대체 나한테 왜 그래?'라는 내 말에 영자는 대답 없이 울기만 했다. 마음이 약해져서 영자를 데리고 복도로 나왔다.

감기 기운이 있는데 겨울옷이 없어 망설이다가 잘못을 또 저지르고 말았다고. 내 옷인 줄은 정말 몰랐다고. 처음으로 영자와 가까이 섰다. 영자는 키가 작았다. 내 어깨에 얼굴이 닿을 정도. 영자가 이제 겨우 열다섯 살밖에 되지 않았다는 사실이 새삼 실감 났다.

순간 영자가 구슬이처럼 느껴져 꼭 안아 줬다. 안 울려고 했는데 갑자기 눈물이 똑 떨어졌다. 월급을 받으면 외투를 사러 동대문에 가 보자는 말에 영자는 더 많이 울었다. 말하지 않아도 어떤 형편인지 알 수 있었다.

마음이 아프다. 영자에게 더 따뜻하게 대해 줘야겠다. 이런 깨달음을 얻을 수 있다는 사실에 감사하다.

이전보다 훨씬 집중해서 일기를 읽었다. 너구리 눈이 부끄러워서 거짓말을 한 건 아닐까. 사실은 자기가 쓴 일기면서. 너구리 눈이 쓴 게 정말 아니라면, 이건 도대체 누구의 일기란 말일까.

이번 일기 내용을 보니 일기장의 주인공은 열다섯 살보다 나이가 많은 것 같았다. 너구리 눈은 진짜 아니라는 말이었다. 그렇다면 너구리 눈은 왜 항상 이 자리에? 연우는 꽤 어려운 수수께끼를 맞닥뜨린 듯 미간을 찡그리고 생각에 잠겼다.

그때 책상 위에 탁 소리가 나면서 더운 김이 훅 느껴졌다.

"뭘 그렇게 열심히 봐?"

화들짝 놀란 연우는 재빨리 고개를 들며 노트를 덮었다. 두꺼운 겨울 패딩을 입은 너구리 눈은 평소보다 덩치가 커 보였다. 너구리 눈은 방금 전에 온장고에서 꺼내 왔는지, 따뜻한 캔 커피를 연우에게 건넸다.

"너 매일 엄청 졸길래. 커피 마시지?"

"으응."

중학교에 오자마자 서둘러 해 본 일이 바로 커피 마시기였다. 엄마는 매일 한 잔 이상의 커피를 마셨다. 그러면서도 머리가 나빠지면 안 된다고 연우에게는 절대 입에도 대지 못하게 했다.

서은과 편의점에서 여러 종류의 커피를 사 한 모금씩 마셔 봤던 기억이 났다. 아메리카노는 별로였지만 달달한 캔 커피는 꽤 먹을 만했다. 아메리카노를 한 모금 입에 머금고 얼굴을 온통 다 찡그렸던 서은의 표정이 떠올랐다.

눈앞에 있는 너구리 눈의 얼굴에 서은의 모습이 겹쳐 보이는 듯했다. 연우는 옅은 한숨을 내쉬었다.

연우는 주위를 두리번거렸다. 아직 너구리 눈 말고 아무도 없었다. 이렇게 엄청난 비밀을 공유할 만큼 너구리 눈이 믿을 만한 친구일지에 대한 확신은 없었다. 하지만 연우의 손은 이미 너구리 눈에게 일기장을 건네고 있었다.

"이거 진짜 아무한테도 말하면 안 돼."

너구리 눈은 일기에서 '언니, 미안해'라는 구절을 소리 내어 읽으며 깔깔 웃었다. 너구리 눈의 일기가 아니라는 게 확실해지는 순간이었다.

"오 마이 갓! 이게 내 일기인 줄 알았다고?"

계속해서 주위를 두리번거리던 연우는 고개를 끄덕였다. 그러고는 그동안 정말 궁금했던 내용을 물었다.

"그럼, 이렇게 자리가 많은데, 왜 내 옆에 앉은 거야?"

너구리 눈은 풋, 하고 웃음을 터뜨렸다. 그리고 연우 앞에 있는 기둥을 손가락으로 가리켰다.

"여기 이거. 기둥 뒤니까 편하게 딴짓할 수 있잖아. 너도 그래서 여기 앉는 거 아니야?"

연우도 덩달아 크게 웃고 말았다. 너구리 눈은 다시 고개를 숙이고 일기 내용에 집중했다. 그리고 가방에서 단어장과 펜을 꺼내더니 일기에 나오는 단어와 구절을 몇 가지 메모했다.

"뭐 하는 거야?"

"주인을 찾고 싶은 거 아니야?"

"그럼 사진 찍을까?"

너구리 눈은 연우가 내미는 휴대폰을 손바닥으로 감싸 밀었다.

오늘도 열리는 일기장 123

너구리 눈의 얼굴만큼이나 하얗고 부드러워 보이는 손이었다.

"윤리적으로 생각해 봐. 남의 일기장을 사진으로 찍는다는 게, 괜찮을까?"

휴대폰을 주머니에 넣는 연우의 얼굴이 서서히 붉어졌다.

*

너구리 눈이 아니라면 도대체 누구일까. 다른 요일에도 복지관에 가 볼까. 일기장의 주인공이 궁금한 마음에 연우는 밤새 뒤척였다. 막상 주인공을 찾는다고 해도 한 걸음도 다가가지 못할 것이다. 일기장을 봤다는 말은 차마 할 수 없을 테니……. 그래도 주인공을 찾는 일에 의미가 있을까.

그럼에도 어떻게든 찾고 싶었다. 마음의 결론은 이거 하나였다. 궁금하니까. 일기장 속 구절과 단어들을 하나씩 되새겨 보는 중에도 시간은 성큼성큼 나아갔다. 날이 밝았고 너구리 눈과의 약속 시간이 다가왔다.

패스트푸드점에 너구리 눈이 앉아 있었다. 단어장을 앞에 놓고 골똘히 생각에 잠겨 있는 모습이었다. 어제 너구리 눈의 단어장에는 영어 단어 대신 일기장에서 고른 낱말과 구절들이 빼곡하게 채워졌다.

너구리 눈을 부르려는데 문득 이름을 모르고 있다는 사실이 떠올랐다. 이름도 모르는 친구와 주말 만남이라니. 이 자체로 연우에게는 모험이었다.

테이블 가까이로 다가가자 너구리 눈이 고개를 들었다. 오늘도 어김없이 시커멓게 화장을 한 너구리 눈은 연우를 보고 활짝 웃어 보였다.

"얼마나 보고 싶었는지 몰라."

뜻밖의 말에 연우는 깜짝 놀라 고개를 갸웃했다.

"나, 나를?"

너구리 눈은 씩 웃더니 커다란 연습장을 꺼냈다.

"일기장의 주인은 열다섯 살 이상에, 현재 서울에 살고 있어."

너구리 눈은 일기장에 나온 정보를 정리하여 주인공을 추리해 내고 있었다. 하지만 이 정도는 연우도 이미 다 알고 있었다.

"고향이 어딘지는 모르겠지만, 서울은 아니야. 현재 숙소에 살면서 일을 하고 있는데, 근무 환경이 별로 좋지 않은 것 같아. 겨우 빵 한 조각을 먹고 야간 근무를 할 정도래. 너, 이것 때문에 나한테 빵 준 거야?"

연우가 조심스럽게 고개를 끄덕이자 너구리 눈은 쿡쿡 웃었.

"어쨌든, 경제적으로 몹시 가난하고 어려운 상황인 것 같아. 요즘은 건강도 안 좋은 것 같고. 또, 동생이 있는 것 같아."

"동생? 동생이 있다는 말이 있었나?"

"그게 나도 정확히 기억은 안 나는데, 일기에서 그런 게 느껴졌어. 동생 있는 사람은 마음이 다르거든."

연우는 입술을 삐죽거렸다. 마치, '동생이 없는 너는 이런 마음을 몰라'라고 들리는 것 같았다. 너구리 눈이 연습장에 이름을 메모하며 다시 말하기 시작했다.

"주인공은 경희와 친하고 영자와는 사이가 안 좋아. 정수 오빠라는 남자 친구를 좋아하고. 근데 이 말은 바꿔 말하면, 주인공이 경희도 영자도 정수 오빠도 아니라는 거야."

그동안 일기장에서 본 등장인물들의 이름이 너구리 눈의 입에서 흘러나오고 있었다.

"명희도 아니야. 그런 이름도 나왔던 것 같아."

"맞아!"

"근데 넌 이름이 뭐야?"

일기장의 주인공을 궁금해하는 마음은 누구에게도 뒤지지 않을 거라 장담할 수 있었다. 그 정체를 밝히기 위해 이렇게 주말 약속까지 잡았건만, 대화가 진행될수록 연우는 오히려 너구리 눈에 대한 관심만 더 커졌다. 갑자기 훅 들어온 연우의 질문에 너구리 눈은 입을 크게 벌리고 깔깔 웃었다.

"우리 지금까지 서로 이름도 모르고 있던 거지?"

연우도 고개를 끄덕이며 시원하게 웃어 버렸다. 그리고 너구리 눈의 눈동자를 빤히 쳐다봤다. 꽤나 오래된 친구와 마주하고 있는 듯한 느낌이었다. 너구리 눈과는 왠지 정말 잘 통하는 친구 사이가 될 수 있을 것 같았다.

"나는 미아라고 해."

너구리 눈은 대답과 동시에 연습장에 'Mia'라고 적었다.

"왜 그렇게 영어 공부를 열심히 해?"

"아, 나 곧 유학 가. 메이크업을 전문적으로 배워 보려고."

"그렇구나……."

"너 되게 아쉬워한다?"

놀리는 듯한 너구리 눈의 말투에 연우는 고개를 가로저었다. 하지만 너구리 눈의 말이 맞았다. 만나자마자 헤어져야 한다니……. 이제야 이름을 알게 된 친구인데 벌써부터 뭐가 이렇게 아쉬운 걸까.

"그럼 넌 이름이 뭔데?"

"연우. 장연우. 친구들은 날 연우짱이라고 불러."

친구들이라고 말했지만 사실 요즘 연우를 불러 주는 건 해리밖에 없었다. 오늘도 만나자고 하는 걸 연우가 겨우 거절했다. 하준에 대한 얘기까지 줄어들자 해리와 나눌 이야깃거리는 정말 적었다. 주말까지 해리와 만나서 대화 나눌 필요가 없다고 생각했다.

"그럼 뭐, 나는 미아리냐?"

이어지는 너구리 눈의 말에 연우는 손뼉까지 치며 호탕하게 웃어 버렸다. 얼마 만에 친구와 이렇게 즐거운 분위기를 보내고 있는 건지, 낯선 느낌에 눈물까지 찔끔 나왔다.

11

 오늘 저녁은 뭐로 때울지 곰곰이 생각하던 참이었다. 주말의 혼밥은 평소보다 훨씬 더 쓸쓸했다. 가끔은, 엄마랑 같이 먹는 것보다 혼자 먹는 게 차라리 낫다는 생각이 들기도 하지만.
 "연우짱!"
 집 앞 놀이터에 해리가 서 있었다. 연우는 입술을 동그랗게 벌리고 해리에게 다가갔다.
 "오, 웬일이야?"
 "늦었네?"
 "설마 나 기다린 거야?"
 해리는 대답하지 않았다. 불안한 표정으로 연우를 바라볼 뿐이었다. 영문을 모르는 연우는 고개를 갸웃거렸다.
 "누구 만나고 온 거야?"

"아, 나 복지관에서 옆에 앉는 애 있는데, 할 얘기가 있어서. 이름이 미아래. 그런데 성이 이 씨라서, 내가 연우짱이라니까 자긴 그럼 미아라고."

미아를 떠올리자 아까처럼 배시시 웃음이 흘러나왔다.

"그런 애 만나느라 나한테는 소홀하다고?"

평소 같지 않은 해리의 말투에 연우는 뭐라고 대답해야 할지 몰라 입을 다물었다. 그때 갑자기 연우의 주머니에서 진동이 울렸다. 모르는 번호였다.

"누군데?"

"몰라. 이상한 전화인가 봐."

수신 거절을 하자마자 같은 번호로 또 진동이 울렸다. 순간 연우의 등골이 서늘해졌다.

"네? 어느 병원이라고요?"

휘청거리는 연우의 몸을 옆에서 해리가 잡았다. 연우는 급히 택시를 타고 병원으로 향했다. 휴대폰을 꼭 쥔 채로 벌벌 떠는 손을 해리가 부드럽게 감싸 주었다. 수술실 앞에 도착하니 엄마의 동료 선생님이 기다리고 있었다.

"연우야!"

드라마에서나 보던 풍경이었다. '통제 구역 출입 금지'라는 문구가 커다랗게 붙은 수술실, 그 앞에 있는 사람들은 하나같이 고개를 숙이고 두 손을 모은 자세를 취하고 있었다. 덜컥 겁이 난 연우의 눈에서 눈물이 한 방울 똑 떨어졌다.

"어떻게 된 거예요?"

동료 선생님은 연우를 진정시키려는 듯 일단 자리에 앉혔다. 그러고는 연우의 어깨를 토닥였다.

"엄마가 일하다가 쓰러지셔서 응급실에 왔는데, 급히 수술을 해야 된다는 거야."

연우의 입에서 울음소리가 터져 나왔다. 그동안 엄마는 항상 몸이 안 좋긴 했다. 하지만 쓰러질 정도로 아픈 상태인지 몰랐고, 수술을 받을 거라는 생각도 전혀 하지 못했다. 응급실, 수술이라는 단어들이 모두 충격적이기만 했다.

"의사 선생님 말씀이, 심각한 건 아니래. 수술하면 금방 괜찮아지실 거래."

"근데 왜 아직도 안 끝났어요?"

연우는 엄마를 찾으려는 듯 바쁘게 고개를 움직이며 주위를 살폈다. 이전에 봤던 어떤 드라마에서는 이렇게 기다리고 있는 가족들에게 의사가 어두운 표정으로 다가와 고개를 가로저었다. 병원 풍경은 드라마에서 본 것과 비슷했다. 연우의 몸이 빠르게 들썩거렸다. 옆에 따라 앉은 해리가 연우의 손을 꼭 잡았다.

"끝났나 보다."

동료 선생님의 손가락을 따라 시선을 옮겼다. '김*옥 환자 회복 중'이라는 문구가 화면에 깜박였다. 그럼에도 흐르는 눈물은 멈추지 않았다. 연우는 한 손으로 이마를 짚고 하염없이 울었다.

"조금만 쉬면 괜찮아지실 거래. 많이 놀랐지?"

동료 선생님은 애써 차분한 척 연우를 다독이고 있었지만 끊임없이 손목시계를 힐끔거리는 게 얼른 가 봐야 하는 것 같았다.

'몸이 그렇게 안 좋은 사람이 왜 바보 같이……. 자기 몸 하나 챙기지도 못하는데 무슨 일을 한다고. 아직 한 번도 제대로 웃어 본 적도 없으면서, 남들처럼 행복해 본 적도 없으면서 벌써 이렇게 아프면 불쌍해서 어떡해. 나한테는 엄마밖에 없는데 엄마가 잘못되면 어떡하라고. 나 혼자 어디서 어떻게 살아가라고. 엄마가 없으면 나는 정말, 어떻게 해야 되지?'

벌벌 떨리는 연우의 손에 해리가 휴지를 꼭 쥐여 주었다.

"연우야, 미안한데……. 내가 지금 얼른 가 봐야 해서. 아빠가 연락이 안 되던데 연우가 좀 해 볼래? 엄마도 곧 나올 거니까 걱정하지 말고."

연우는 말없이 고개를 끄덕였다. 동료 선생님은 다시 연우의 어깨를 토닥이더니 입술을 깨물고 겨우 뒤돌아섰다. 그러고는 언제 망설였냐는 듯 발걸음을 서둘렀다. 선생님에게도 소중한 가족이 있을 테니까.

해리와 앉아 엄마를 기다리고 있는 시간, 일분일초가 몇 달처럼 길게만 느껴졌다. 이젠 몸도 들썩이지 않았다. 계속해서 눈물만 주르륵 흐를 뿐이었다.

'엄마에겐 나밖에 없다. 그리고 내겐 엄마밖에 없다. 그런데 엄마가 아프면 어떡해. 혹시라도 다시 일어나지 못한다고 하면 그땐 정말 어떡해……'

해리가 연우의 손을 쥐었다 놓더니 조심스럽게 입을 열었다.

"연우짱, 얼른 아빠한테 연락해."

해리 역시 연우의 가정사를 알지 못했다. 이런 상황에서 연락도 하지 않고 있으니 이상하게 생각할 터였다. 연우는 눈을 깜빡이며 잠시 생각에 잠겼다.

병원비 계산이나 입퇴원 수속, 보호자 동의가 필요한 일을 연우 혼자 해결하기는 어려웠다. 아빠에게 연락하면 바로 달려와 주기는 하겠지만, 깨어난 엄마가 아빠를 보면 더 아픈 건 아닐까 걱정됐다.

연우는 휴대폰에 아빠 번호를 눌렀다가 천천히 하나씩 지웠다. 혼자 할 수 있는 일이 없다는 사실이 무력하게 느껴질 뿐이었다.

그렇다면 삼촌에게 연락해야 할까. 친척이라곤 오직 삼촌뿐이었다. 하지만 연락을 끊은 지 벌써 몇 년째. 그 사이 삼촌은 텔레비전 역사 프로그램에도 출연하는 유명 대학 교수가 되었다. 평소 텔레비전은 켜 보지도 않는 엄마였지만 삼촌이 나오는 프로는 재방송으로라도 꼭 챙겨 보는 것 같았다.

이젠 옛날이야기지만, 설날마다 세뱃돈을 챙겨 준 것도, 크리스마스 선물을 보내 준 것도, 초등학교 입학할 때 책가방을 사 준 것도, 연우에겐 오직 삼촌뿐이었다. 삼촌은 유난히도 연우를 살뜰히 챙겨 주었다. 그래서 이모나 고모가 있는 친구들이 전혀 부럽지 않았다. 그랬던 삼촌이었건만, 멀어지는 건 한순간이었다.

휴대폰에는 아직 삼촌의 번호가 저장되어 있었다. 번호가 바뀐 것은 아닐까. 연우는 휴대폰을 쥐고 한참이나 생각에 잠겨 있었다. 해리는 그런 연우의 모습을 물끄러미 바라보고 있었다.

해리의 휴대폰이 울렸다. 해리가 늦게까지 들어오지 않아 걱정하는 부모님의 전화인 것 같았다.

"연우짱, 미안해. 나 가 봐야 될 것 같아."

"늦었어. 얼른 가 봐. 오늘 정말 고마웠어."

진심이었다. 연우는 옆에 해리가 있어 줘서 얼마나 고마운지 몰랐다. 해리가 아니었으면 진작 쓰러졌을 거라 생각했다. 옆에 잡을 수 있는 손이 있다는 것, 쓰러지지 않게 잡아 줄 수 있는 누군가가 있다는 것이 얼마나 다행인지.

해리의 뒷모습을 바라보던 연우는 결심한 듯 입술을 깨물며 휴대폰 통화 버튼을 눌렀다.

드디어 수술실 문이 열렸다.

"김연옥 님 나오셨습니다."

자리에서 벌떡 일어난 연우는 엄마를 향해 달려갔다. 침대에 누운 엄마는 아직 기운을 차리지는 못한 듯 작게 눈만 움직이고 있었다.

"엄마, 엄마! 어떻게 된 거야?"

엄마가 연우를 향해 힘없이 손을 내밀었다. 주삿바늘이 꽂힌 팔 위로 링거액이 길게 연결되어 있었다. 엄마는 핏기 없이 메마른 입술을 벙긋거렸지만 아무 말도 들리지 않았다.

병실로 올라와 엄마의 옆자리를 지켰다. 간호사는 엄마가 내일까지 통증을 심하게 느낄 거라 말했다. 엄마는 인상을 찡그리며 끙끙거리다가도 연우 얼굴을 보면 애써 웃어 보였다.

다시 볼 수 있어 정말 다행이었다, 엄마의 눈 뜬 모습을. 롤러코스터에 올라탄 것 같았던 하루도 드디어 저물어 가고 있었다. 병실 창밖으로 무겁게 어둠이 내려앉아 있었다.

보호자 침대에 쪼그리고 누워 깜빡 잠이 들었나 보다. 차가운 바깥 공기가 훅 들어오는 느낌이 들었다.

"오빠."

"어떻게 된 거야?"

"괜찮아. 곧 퇴원할 거야."

"어떻게 지냈던 건데?"

몇 년 만에 만난 사이치고는 여백이 많은 대화였다. 밖으로 꺼내는 말보다 속으로 삼키는 말들이 더 많은 것 같았다.

삼촌의 물음에 엄마의 대답은 들리지 않았다. 어쩌면 고개만 움직였을지도 모른다. 엄마의 코 훌쩍이는 소리가 미세하게 들린 것 같기도 했다. 알아들을 수 있는 말은 이것밖에 없었다.

"미안해……."

연우가 천천히 눈을 떴다. 삼촌이 눈앞에 있었다. 텔레비전에서 봤던 것처럼 단정한 양복 차림이었다.

"삼촌!"

연우가 삼촌을 꼭 껴안았다. 삼촌은 연우의 등을 토닥이며 푸근하게 웃어 주었다. 어릴 때 늘 그래 줬던 것처럼.

삼촌은 엄마 옆에서 며칠 밤을 꼬박 새우고 퇴원 수속까지 마무리해 주었다. 연우와 엄마는 삼촌 차를 타고 편하게 집으로 돌아왔다. 비워 놓았던 집에서 썰렁한 기운이 맴돌았지만 모처럼 느껴지는 복작거림에 연우는 미소 지었다.

이제 엄마는 천천히 걸을 수 있는 정도가 되었다. 하지만 2주 정도는 더 쉬면서 경과를 지켜봐야 한다고 했다. 집에 돌아오자마자 연우는 샤워를 했다. 며칠 동안 제대로 씻지 못했더니 온몸이 다 찝찝하게 느껴졌다.

뜨거운 물로 개운하게 씻으니 마음까지 말끔해진 기분이었다. 콧노래가 절로 나왔다. 옷을 갈아입고 나오자 주방에서 엄마와 삼촌이 심각한 대화를 나누고 있었다.

"그럼 언니는?"

"너무 무리하지 말라고. 제일 중요한 게 네 건강이야."

"그럼 언니의 노력은 뭐가 돼?"

엄마가 거의 울먹이고 있었다. 엄마는 일찍 돌아가신 이모 얘기를 할 때면 늘 저렇게 눈물부터 보이곤 한다. 그런 이유로 연우는 아빠 얘기만큼이나 이모에 대한 언급도 할 수 없었다.

"누나가 너 이렇게 사는 거 바랄 것 같아? 우리 행복하게 살라고 그런 거지. 이렇게 아프고 힘들게 사는 건 누나도 바라지 않을 거야."

"언니가 보고 싶어. 너무, 너무······."

"이제 제발 그만 좀 해. 언제까지 이럴 거야!"

소리치는 삼촌의 목소리에도 묵직한 울림이 있었다. 이런 내용의 대화를 주고받는 일이 반복되다가 엄마와 삼촌이 멀어졌다는 걸 연우도 어렴풋이 알고 있었다. 삼촌의 나무람에 엄마는 더 이상 말을 잇지 못했다. 엄마의 마음이 느껴져 연우의 콧날도 시큰거렸다.

[엄마가 많이 안 좋아?]
[수술은 잘된 거야?]
[지금은 좀 어때?]

동료 선생님을 통해 뒤늦게 소식을 전해 들은 아빠로부터 문자가 끊이지 않았다. 아빠가 엄마를 걱정하는 마음은 진심일까. 진심이라면 왜 그렇게 떠나 버린 걸까. 연달아 도착하는 메시지를 확인하며 연우의 머릿속에도 물음표가 맴돌았다.

한참 뒤에 다시 휴대폰 화면을 켠 연우는 걱정하는 아빠의 얼굴을 상상하다가 천천히 문자를 입력했다.

[괜찮아.]

세 글자가 연우의 마음을 톡톡 두드리는 것 같았다.

12

"연우짱, 진짜 진짜 엄청 보고 싶었다고……."

며칠 결석했을 뿐인데 교실 분위기가 낯설게 느껴졌다. 못 본 사이에 얼굴 살이 쏙 빠져 버린 해리가 달려오며 연우를 반갑게 껴안았다.

"어머니는 괜찮으신 거지?"

"응. 이제 걷는 것도 괜찮으시고. 아직 밖에는 못 나가시는데, 그래도 많이 좋아지셨어."

"진짜 다행이야."

"그런데 넌 왜 이렇게 살이 빠졌어? 얼굴이 핼쑥해졌는데?"

연우의 말에 해리는 두 뺨을 손으로 감싸고 애써 웃어 보였다. 그런 둘의 모습을 서은이 멀리서 지켜보고 있었다. 평소의 서은답지 않게 어두운 표정이었다. 연우가 서은의 시선을 알아채고

돌아보자 서은은 재빨리 고개를 돌렸다.

"장연우, 고생 많았다!"

향기가 환한 표정으로 다가왔다. 해리는 경계하는 눈빛으로 향기를 쳐다봤다. 향기는 연우가 결석하는 동안에 받지 못한 가정통신문과 학습지를 책상 위에 올려놓았다. 연우는 무심결에 대답해 버렸다.

"고, 고마워."

향기는 연우를 향해 살짝 미소 짓고 자리로 돌아갔다. 해리는 그런 향기의 모습을 위아래로 훑더니 작은 목소리로 말했다.

"내가 하려고 했는데, 자기가 한다는 거야. 담임도 그게 좋겠다고 하고."

향기가 챙겨 준 학습지들을 쭉 훑어봤다. 과목별로 포스트잇까지 붙여 정리한 게 꽤나 신경을 많이 쓴 듯했다. 연우는 입술을 동그랗게 오므리고 작게 감탄사를 내뱉었다.

*

[오늘은 엄마랑 저녁 먹어야 해서 복지관 못 가.]
[이제 괜찮아지신 거지? 그랭. 담 주에 보자!]

알게 된 지는 얼마 되지 않았지만 너구리 눈에게는 왠지 모를 친근감이 느껴졌다. 오래된 친구 같은 느낌. 지난주에 헤어졌을 때부터 다시 만날 날을 고대해 왔지만 아픈 엄마를 저녁까지 혼자 놔둘 수는 없었다.

[일기 오늘은 내가 보고 알려 줄게! 기대해~]

곧이어 도착한 너구리 눈의 메시지를 확인한 연우의 얼굴에 미소가 번졌다. 집 안에는 고소한 기름 냄새가 진동하고 있었다. 오늘 엄마는 한 번도 해 본 적 없던 일을 하고 있었다. 바로, 전 부치기였다.

"엄마, 무리하면 안 된다니까."

"무리 안 해. 괜찮아. 연우야, 이거 해 보니까 재밌다!"

엄마 얼굴에 그동안 보지 못했던 개구쟁이 같은 웃음이 퍼졌다. 엄마는 갓 부친 따끈따끈한 전을 연우의 입안에 넣어 주었다. 명절을 좋아하는 친구들이 했던 말이 얼핏 떠오르는 것 같았다.

따뜻하고 맛있는 집밥으로 든든하게 배를 채운 뒤, 텔레비전 앞에 앉았다. 엄마도 연우 옆에 자리를 잡고는 다리를 쭉 뻗었다.

"하이로티, 티비 틀어 줘."

웬일인지 텔레비전 역시 연우의 말을 한 번에 알아들었다.

"누구보다도 쉽고 재밌게 역사를 알려 주시는 김연호 교수님 나오셨습니다!"

아나운서의 말에 연우는 반사적으로 손뼉을 칠 뻔했다. 마침 삼촌이 나오는 프로그램을 하고 있었다.

"삼촌 멋있다."

"그러게, 정말 대단하지?"

"삼촌, 점점 더 잘생겨지는 것 같지 않아?"

연우의 물음에 엄마는 흐뭇한 미소를 지었다. 삼촌이 설명하는 역사 내용이 머릿속에 잘 정리되지는 않았지만 목소리와 발음만은 똑똑히 전달됐다. 저기 나오는 저 사람이 우리 삼촌이라고 동네방네 소문내고 싶은 마음이었다.

엄마와 함께 있는 시간이 늘어갈수록 별 의미 없는 대화도 많아졌다. 이렇게 한 마디, 한 마디가 더해진다면 뚝 떨어져 있던 거리가 조금씩 채워질 수도 있지 않을까. 연우는 모처럼 편안해 보이는 엄마의 얼굴을 보며 살짝 웃어 보였다.

그때 갑자기 연우의 휴대폰이 울렸다.

[연우짱, 집 앞인데 잠깐 보자.]

겨울이 성큼성큼 다가오는 느낌이었다. 연우는 겨울 외투의 옷깃을 여미며 밖으로 나갔다. 놀이터 앞에 해리가 서 있었다. 연우는 머리를 갸웃거리며 해리에게로 다가갔다.

"이 시간에 웬일이야?"

해리가 창백한 얼굴을 들어 연우를 물끄러미 바라봤다.

"너 요즘 무슨 일 있어?"

그제야 해리는 애써 웃어 보이며 고개를 가로저었다. 그러고는 운동화 앞코로 연신 바닥을 찍어 대더니 겨우 입을 열었다.

"저녁 먹었어?"

"어어. 진짜 할 말이 뭔데?"

연우는 해리 팔목을 잡아 가볍게 흔들며 재촉했다. 해리의 침 삼키는 소리가 들리는 듯했다.

"저기, 연우짱……. 서은이가 그런 게 아닐까?"

"뭘? 무슨 말이야?"

연우는 무표정한 얼굴로 해리에게서 한 걸음 멀어졌다. 다짜고짜 해리가 건넨 말이 잘 이해되지 않았다.

"이상하잖아. 갑자기 박향기랑 친하게 지내는 게. 서은이도 네 폰 암호 뭔지 알지?"

연우는 무심코 고개를 끄덕였다. 한동안 잊고 있었던 얘기였다. 아니, 잊고 싶었던 얘기였다. 아무도 믿어 주지 않았고, 혼자 아무리 결백하다 외쳐 봐도 소용없던 '그때'의 일이었다. 하지만 향기에게 메시지를 보낸 범인이 서은이라고는 단 한 번도 의심하지 않았다.

"서은이가 떡볶이 먹으면서 우리 하는 말을 녹음했던 거야. 종례를 마친 뒤에 네가 두고 간 폰을 가져갔던 거고. 그리고 그걸 박향기한테 보낸 거지."

연우의 온몸에 소름이 돋았다. 암호를 알고 있으니 잠금을 푸는 것은 어렵지 않았을 것이다. 해리의 말대로 휴대폰만 손에 넣었다면 너무나 간단한 일이었을 것이다. 그렇지만…….

"왜? 서은이가 왜?"

"박향기를 좋아하잖아."

"그게 말이 돼? 서은이가 박향기를 좋아한다고?"

"안 될 게 뭐 있어?"

해리의 대답에 연우의 입에서 한숨이 흘러나왔다. 연우는 시선을 돌리고 잠시 생각에 잠겼다.

"너 학교 안 올 때도 아주 가관이었어. 박향기랑 베프 다 된 것 같던데?"

"박향기를 좋아하는 거랑 내 폰으로 그런 짓을 한 게 무슨 상관인데?"

해리는 눈동자를 빛내며 연우에게 또박또박 대답했다.

"연우짱, 네가 박향기를 욕하니까. 그게 서은이는 싫었겠지."

연우는 가만히 고개를 가로저었다.

[오늘도 일기는 완전 슬프다 ㅠㅠ]
[일기장의 주인공은 동생들이 있다! 어린 동생들 때문에 일하는 건가 봐. 눈물 없이는 읽을 수 없는 감동의 일기장!]

[주인공은 과연 누굴까?]

[담 주에 같이 추리해 보자!]

연우는 휴대폰 화면이 안 보이도록 뒤집어 버렸다.

해리가 했던 말을 천천히 되짚어 봤다. 연우의 뒷담화를 향기에게 보낸 것이 서은이라고? 서은은 향기를 좋아하는데 자꾸만 안 좋은 얘기를 듣게 되니까 그 상황이 싫어서?

아무리 생각해도 이해되지 않았다. 서은은 한 번도 도덕적으로 어긋나는 행동을 한 적이 없었다. 유치원 때부터 알고 지낸 기나긴 시간 동안, 단 한 번도.

하지만 서은을 속속들이 다 알고 있다고 말할 수는 없었다. 더 정확히 말하자면, 관계가 틀어진 지금 와서 돌아보니 서은에 대해 알고 있는 게 전혀 없는 것만 같았다.

"누군가를 좋아하게 되면 사람이 변하는 거. 누구보다 연우짱, 네가 잘 알잖아."

좋아하는 사람……. 해리의 말을 듣자마자 하준이 생각났다. 향기가 더 눈에 거슬렸던 이유는 하준 때문이었다. 향기는 하준에게도 스스럼없이 다가갔고 연우는 그걸 견딜 수 없어했다.

"무슨 말을 하는 거야, 박향기랑 서은이 둘 다 여자잖아!"

"연우짱, 정말 애기구나. 좋아한다는 게 꼭 이성한테만 가능한 줄 알아?"

해리는 눈을 가늘게 찌푸리고 연우에게 물었다. 연우는 할 말을 잃어버렸다. 해리의 말에도 일리는 있었다.

서은, 해리와 함께하는 자리에서 향기에 대한 뒷담화를 주도한 건 언제나 연우였다. 대부분의 상황에서 해리는 동조해 주었고, 서은은 어떤 말을 했더라……. 연우는 침대에 누워 눈을 끔뻑이면서 생각에 잠겼다.
"누가 들으면 어쩌려고 그래? 이름이라도 말하지 말든가."
언젠가 서은이 했던 말이 기억났다. 향기에 대한 뒷담화를 셋이 같이 나누었다고 생각했는데 향기를 험담하는 서은의 목소리는 좀처럼 떠오르지 않았다. 연우는 괴로운 듯 눈을 꾹 감고 입술을 깨물었다.

13

 골목 어디선가 방울 소리가 들렸다. 바쁘게 복지관으로 향하던 연우는 잠시 멈춰 사방을 두리번거렸다. 하지만 주위는 텅 비어 있었다. 어느새 익숙해진 이동 상회만 덩그러니 남아 있을 뿐이었다. 다시 뒤로 돌았을 때였다. 방울 소리가 점점 더 크고 빨라졌다. 순간적으로 겁을 먹은 연우는 어깨를 잔뜩 움츠렸다.

"연우짱!"

 이동 상회 모퉁이에서 너구리 눈이 활짝 웃는 얼굴로 나타났다. 그러고는 방울이 달린 장난감을 마구 흔들자, 어디선가 나타난 노란 고양이가 너구리 눈에게 다가왔다. 연우의 얼굴에도 오랜만에 함박웃음이 지어졌다.

 너구리 눈은 이쪽으로 오라고 연우에게 손짓했다. 이동 상회 앞에 있는 낡은 평상 위에 앉으니 너구리 눈이 가방에서 도시락을 꺼냈다.

"웬 도시락?"

"어, 친구랑 먹으라고 엄마가 싸 줬어."

연우는 삼단 도시락 뚜껑이 하나씩 열릴 때마다 감탄했다. 김밥부터 샌드위치, 과일까지 넘치도록 푸짐한 한 끼 도시락이었다. 휘둥그레진 눈으로 너구리 눈을 바라봤다.

이게 다가 아니라는 듯 너구리 눈은 가방에서 통조림을 하나 꺼내 조심스럽게 열어 고양이 앞에 놔 주었다. 고양이는 초록색 눈을 반짝 빛내며 잠시 너구리 눈과 연우를 번갈아 보다가 고개를 숙이고 통조림에 집중했다.

"요리 솜씨 대단하시다!"

"어, 그건 인정."

"매일 이런 요리를 먹고 살겠구나. 몹시 부럽구려."

연우의 장난스러운 말투에 너구리 눈은 웃으며 고개를 가로저었다.

"엄마랑 같이 산 지 얼마 안 됐어. 엄마 일이 너무 바빠서 어릴 때 할머니랑 살았거든. 근데 거기서 좀 안 좋은 일이 있어서, 잠깐 이모네 살기도 했고……. 아! 지금 다 말하기엔 너무 길어."

"유학 가면 엄마랑은 또 떨어져 있겠네."

"뭐, 익숙해서 괜찮아."

연우는 김밥을 오물오물 씹으며 너구리 눈의 시커먼 눈동자를 물끄러미 바라봤다. 화장을 하지 않아도 충분히 크고 맑은 눈이 예쁠 것 같았다.

"저기, 뭐 하나만 물어봐도 돼?"

연우의 질문에 너구리 눈은 고개를 끄덕이며 웃어 보였다.

"화장을 왜 이렇게 진하게 하는 거야?"

연우는 일종의 편견을 가지고 있었다. 화장이 진할수록 까칠하고 불량한 사람일 거라고. 학교에서도 공부를 안 하고 선생님 말을 안 듣는 아이들일수록 화장을 진하게 했다. 엄마는 그런 아이들 때문에 힘들다는 얘기를 여러 번 토로하곤 했다.

하지만 아무리 불량한 학생이라고 해도 너구리 눈만큼 화장이 진하지는 않았다. 너구리 눈의 두꺼운 아이라인은, 말 그대로 차원이 달랐다. 학교에 이러고 오는 아이가 있다면 아침부터 학생부에 불려 갈 거라 장담할 수 있었다.

너구리 눈은 오른쪽 눈을 감아 보이더니 손가락으로 톡톡 두드렸다. 준비했다는 듯이 길고 진지한 대답이 이어졌다.

"여기, 상처가 있어. 실제 상처도 크지만, 이게 뭐냐고 사람들이 물어볼 때마다 떠오르는 안 좋은 기억이 더 크거든. 아직 그걸 편하게 얘기할 자신이 없어서 두껍게 가리고 다니는 거야."

"아, 미안."

생각지도 못한 너구리 눈의 대답에 연우는 곧바로 사과했다. 역시 인성이라는 건 수업을 듣는다고 해서 나아지는 게 아니었다. 연우는 재빨리 화제를 돌리려고 노력했다.

"김밥 정말 맛있다!"

"너라면 물어봐도 괜찮아. 이러고 다니니까 다들 날 피하기만 하던데, 너는 날 안 피하더라. 고맙다고 말하고 싶었어."

연우는 볼수록 선하고 순수한 면이 있는 너구리 눈에게 호감이 갔다. 처음에는 일기장의 주인공이란 오해에서 비롯된 거였지만, 그에 못지않게 좋은 친구 같았다.

"기둥 뒷자리 뺏기고 싶지 않았어."

연우의 의미심장한 말투에 너구리 눈은 배꼽 잡는 시늉을 하며 하하 크게 웃었다. 연우는 악의나 무례함이라곤 어디서도 찾아볼 수 없는 너구리 눈을 보며 또 하나의 의문을 떠올렸다. 하지만 혹시나 선을 넘는 질문이 될까 봐 궁금한 마음을 꿀꺽 삼키고 그저 같이 웃어 보였다.

그때 너구리 눈이 조심스럽게 입을 열었다.

"근데 너 같은 애가 이런 데를 왜 왔어? 넌 이런 거 들을 필요 없을 것 같은데."

연우는 서로 마음이 통했다는 생각이 들어 너구리 눈을 바라보며 미소 지었다. 호의적인 반응에 너구리 눈도 안도한 눈치였다. 연우는 씹던 김밥을 마저 삼키고 천천히 입을 열었다.

"나 별로 좋은 애 아니야. 싫어하던 애가 있는데 맨날 걔 뒷담을 엄청 깠거든. 근데 그게 걔한테 다 전달이 된 거야. 그래서 학폭까지 열고, 엄마한테 혼나고 아우…….”

연우는 두 팔을 흔들며 그간의 괴로움을 토로했다. 어느새 통조림 하나를 다 먹어 치운 고양이도 초록색 눈을 동그랗게 뜨고 연우의 이야기를 듣고 있는 듯했다. 연우의 이야기가 끝나고 너구리 눈은 고양이 앞에 장난감을 놔 주었다. 연우는 조금 편해진 마음으로 궁금증을 꺼냈다.

"넌? 너야말로 이런 데 올 일 없을 것 같은데."

"난, 학교도 안 다녀. 어릴 때 할머니랑 살면서 학교 다닐 때 문제가 좀 많았거든. 왕따를 심하게 당했어. 이 상처도 그때 생긴 거고. 그 후로 계속 혼자 방 안에만 있다가 유학 준비하면서 겨우 이런 데나마 다닐 수 있게 된 거야. 다른 데는 몰라도 여긴 엄마가 꼭 다녔으면 하시더라고."

"여기 인성 교육이 유명한 데야?"

"옛날에 노동자 야학? 굉장히 의미 있고 역사적인 곳이래. 무슨 얘기 더 들었는데 사실 기억 안 나."

"근데 유학은 뭐로 가는 거야?"

"상처 가리려고 몇 년째 눈 화장만 하다 보니까 메이크업을 전문적으로 배우고 싶어졌어. 엄마, 아빠도 흔쾌히 허락하셨고."

연우는 너구리 눈의 말을 경청하며 고개를 끄덕였다.

"무얼 하든 집구석에만 있는 것보단 나을 테니까. 나는 몇 년째 잘하는 건 하나도 없이 잘못만 계속해서 가족들한테 부정적인 영향만 끼치는 것 같았어. 늘 골칫덩이였거든. 할머니도 나 때문에 더 아프신 것 같고, 사촌 동생까지도 나 때문에 학교에서 소외되는 애들만 찾아 어울리는 것 같고."

"에이, 그렇지 않아. 그게 어떻게 니 잘못이냐? 그리고 세상에 부정적인 영향만 끼치는 사람은 없을 거야. 장담할 수 있어."

너구리 눈은 입가에 살짝 미소를 지은 채 가만히 듣기만 했다. 그때 연우의 휴대폰이 울렸다.

[연우짱, 내 생각엔 힘들겠지만 그냥 덮어 두는 게 나을 것 같아.]

해리의 메시지였다. 서은이 저지른 짓인 것 같다고 해도 명백한 증거가 있는 건 아니었다.

요즘 연우는 학교에서 서은을 마주할 때마다 한참을 빤히 쳐다보게 됐다. 망설임엔 끝이 없었다. 터놓고 물어본다면 서은이 거짓말을 할 것 같지는 않았다.

하지만 그 이후엔 어떻게 될지 머릿속이 복잡하기만 했다. 어차피 지금은 다 종결된 사건이지 않은가.

메시지를 확인한 연우는 너구리 눈을 보며 주저했다. 아직 누구에게도 털어놓지 못한 얘기였다. 하지만 그 누구라도 귀 기울여 들어준다면 훨씬 마음이 가벼워질 것 같았다. 너구리 눈은 어느새 텅 비어 버린 도시락통을 정리하고 있었다.

"저기……. 아무도 믿어 주지 않는다고 해도 진실이 있다면, 그걸 어떻게든 밝혀야 할까?"

너구리 눈은 고민하지도 않고 바로 고개를 위아래로 끄덕였다.

그 대답에 힘을 얻은 연우는 하나씩 다 털어놓았다. 주말에 휴대폰이 없었는데 뒷담화하는 내용이 녹음되어 전송된 이야기부터, 그 범인으로 오랜 친구를 의심하고 있는 지금의 상황까지.

"아직 많이 안 지난 거지? 내가 도와줄게. 떡볶이집 가서 CCTV 확인 부탁드려 보자."

연우는 선뜻 대답하지 못했다. 사실 그 어떤 경우도 기꺼이 받아들일 수 없을 것 같았다. 서은이 범인이라는 것을 알아내도 감당하기 어려울 듯했지만 반대의 경우도 견딜 자신이 없었다.

명확한 근거도 없이 오랜 친구를 의심한 스스로를 용서할 수 있을까. 해리의 말대로 그냥 넘어가는 게 최선의 선택일 수도 있다. 망설이고 있는 연우의 손을 너구리 눈이 부드럽게 감쌌다.

"생각만큼 세상이 얼음 같지는 않더라. 나 사건 있었을 때도 상가 주민들이 나서서 CCTV도 찾아 주고 많이 도와줬어."

구체적으로 물어볼 수는 없었지만 너구리 눈이 겪었다는 사건은 얼굴에 남은 것보다 마음에 더 깊은 상처를 남긴 것 같았다. 연우는 대답 없이 너구리 눈을 바라봤다. 옆에 조용히 앉아 있는 노란 고양이 역시 고개를 갸웃거리며 대화에 집중하고 있었다.

"그리고 휴대폰으로 있었던 사건이라면, 포렌식 복원 그런 것도 있어. 폰을 전문가한테 맡겨서 그날 어떤 앱을 사용했는지, 사용 방식은 어떠했는지 알아내는 거야. 아직 많은 시간이 지나지 않았으니까 운이 좋다면 증거를 찾을 수도 있고."

"포렌식?"

"응. 무슨 일이 있어도 진실은 변하지 않는 거니까. 시간이 문제지, 결국 모두는 진실을 향해 갈 수밖에 없어."

"이미 종결된 사건이지만, 네 생각엔 그래도 의미가 있을 거란 말이지?"

너구리 눈은 입술을 다물고 고개를 끄덕였다. 연우는 잠시 생각에 잠겼다.

*

11월 6일 월요일
겨울이 성큼성큼

11월이 되니 하루가 다르게 기온이 내려간다. 겨울이 성큼성큼 다가오는 느낌이다. 나는 어릴 때부터 찬바람이 불면 생각이 많아지곤 한다. 겨울에 태어나서 그런가? 겨울을 타는 건가?

요즘 고향 생각이 더 많이 난다. 못 본 사이에 구슬이는 얼마나 컸을지, 호야는 학교에 잘 다니고 있을지. 엄마의 허리

통증은 어떠한지…….

어제 저녁엔 못 참고 전화를 걸었다. 속마음은 하나도 말하지 못하고 마음에도 없는 말들만 하다가 끊어 버린 뒤엔 나도 모르게 눈물이 흘렀다.

내년이면 구슬이도 학교에 가니 엄마 걱정이 이만저만이 아닐 것이다. 무슨 일이 있어도 동생들은 내가 반드시 책임질 수 있도록 힘을 내 보자. 내가 동생들에게 도움이 된다는 사실이 감사하고 뿌듯하다.

'숙아, 어서 밥 먹어.' 꿈에도 나올 것 같은 엄마 목소리. 엄마가 해 준 따뜻한 밥이 그립다. 열심히 일하고 내년에는 고향에 꼭 다녀와야겠다. 무슨 일이 있어도 구슬이 학교 입학 전에는 반드시!

감사하다. 고향이 있어서, 가족이 있어서.

11월 13일 월요일
울긋불긋 어여쁜 단풍

코피가 멈추지 않아 병원에 다녀왔다. 콧속이 많이 부어 있다고 한다. 몇 달째 이어지는 두통의 이유도 여기에 있다는 말을 듣고야 말았다. 약을 먹고도 나아지지 않으면 수술을 해야 한다는데 너무 무섭다.

병원에서는 무조건 일을 쉬어야 한다고 했다. 하지만 일을 쉴 수는 없다. 실장님은 벽에 작업량을 확인할 수 있는 차트를 새로 만들어 붙였다. 병원에 다녀오니 내가 꼴등. 아픈 것도 잊은 채 쉴 틈 없이 일해서 겨우 꼴등은 면했다.

공장 사정은 점점 안 좋아지는 듯하다. 영자는 고향 친구를 통해서 다른 곳을 알아볼 거라고 한다. 경희와 나는 일단 버틸 수 있을 때까지 버티고, 어쩔 수 없이 옮기더라도 꼭 함께 가자고 손을 맞잡았다.

가능하다면 나는 여기서 잘해 보고 싶다. 일을 배우고 적응하는 게 얼마나 힘들었는데, 이렇게 물러날 수는 없다. 시간이 갈수록 일감은 늘고 직원은 줄어 힘들지만 그래도 나는 버텨야 한다.

적은 돈이라도 이게 우리 구슬이에게 도움이 될 수 있다면 나는 얼마든지 견딜 수 있다. 구슬이가 중고등학교, 대학교까지 편히 다닐 수 있도록. 내 몸이 부서지는 한이 있더라도.

내게 능력이 있고 일이 있음에 감사하다. 나는 할 수 있다.

교실에 들어가자마자 너구리 눈은 연우보다도 먼저 일기장을 찾았다. 연우가 해리의 메시지를 다시 읽으며 어떻게 답장을 보내야 할지 망설이고 있는 동안 너구리 눈은 혼자 일기를 읽었다. 한참을 집중하고 있던 너구리 눈은 눈물을 찔끔 흘리는 시늉을 하더니 일기장을 가슴에 품고 살며시 눈을 감았다.

"그렇게 감동이야?"

"나 사랑에 빠질 것 같아. 이 일기장 쓰는 사람 너무 멋있고 대단하고 사랑스러워."

"그 정도라고?"

연우는 너구리 눈의 품에 안긴 일기장을 슬쩍 빼서 읽기 시작했다. 몸이 많이 아픈 모양이었다. 그런데도 일기의 마지막엔 어김없이 감사하다는 문구가 남아 있었다. 연우는 자그맣게 입을 벌려 '감사하다'는 단어를 소리 내어 읽었다.

"감사하다, 감사하다."

너구리 눈도 그 문구를 따라 읊었다. 감사하다는 말을 반복하다가 서로 눈이 마주치고는 활짝 웃어 보였다. 연우는 문득, 지금 옆에 너구리 눈이 앉아 있음이 감사하다는 생각이 들었다.

이제 와서 포렌식 복원을 맡기고 떡볶이집 CCTV를 확인하는 일이 쉽지는 않을 것이다. 하지만 바로 옆에 의심 없이 믿어 주고 도와주겠다고 말하는 친구가 있다. 해리 역시 도와줄 것이다. 감사하다. 감사하다.

결심이 선 연우가 휴대폰 화면을 켜고 해리에게 메시지를 남기기 시작했다.

[해리야. 일단 증거를 찾아야 될 것 같아. 떡볶이집 CCTV도 확인해 보고

휴대폰 포렌식 복원도 맡겨 볼 수 있대. 어렵겠지만 이제라도 그렇게 해 보려고 해. 늦었지만 진실을 밝히는 건 그럴 만한 의미가 있는 것 같아. 도와줄 거지?]

14

 주말 내내 엄마는 다시 출근할 준비로 정신이 없었다. 평소와 다른 게 있다면 어제는 하루 종일 요리책과 영상을 보며 일주일간 먹을 밑반찬을 만들었다는 거다.
 그리고 오늘은 어김없이 다림질을 시작했다. 청바지까지도 몽땅 꺼내어 다리고 있는 엄마의 모습에 연우는 혀를 내둘렀다.
 "아, 연우야! 엄마가 연우 주려고 선물 사 온 거 있는데."
 "선물?"
 엄마는 잠시 다림질을 멈추고 안방으로 들어가더니 쇼핑백을 하나 꺼내 왔다.
 "네가 어릴 때 좋아하던 거랑 비슷하게 생겨서 사 봤거든."
 쇼핑백을 열어 본 연우는 황당함에 감탄사를 내뱉었다. 혹시나 하고 잠시 품었던 기대는 역시나 와장창 부서졌다.

"엥? 이게 내 선물이라고?"

"어릴 때 제일 좋아하던 인형, 기억 안 나?"

"내가 이렇게 생긴 걸 좋아했었다고?"

너구리 인형은 눈을 동그랗게 뜨고 방긋이 웃고 있었다. 말랑말랑하고 부드러운 감촉이 좋았다. 절로 미소를 따라 지을 만큼 귀엽기도 했다. 하지만 중학생에게 줄 만한 선물인지에 대해서는 물음표가 뒤따랐다.

"귀엽다. 근데 엄마, 내가 나이가 몇인데."

"그런가. 예뻐해 줄 자신 없으면 다른 친구 줘도 돼."

연우가 좋아하지 않아도 대수롭지 않다는 듯이 엄마는 웃어 보였다. 쉬는 동안 몸이 편안해져서인지 엄마의 성격도 한결 부드러워진 것 같았다.

"이렇게 생긴 친구가 있는데, 걔 동생이 좋아하려나. 물어봐야겠다."

연우의 머릿속에 너구리 눈이 떠올랐다. 내일은 학교 수업이 끝나고 너구리 눈과 함께 떡볶이집에 가 보기로 했다. 가게 이름을 얘기하자 너구리 눈은 갑자기 눈을 반짝거리며 들른 김에 떡볶이도 반드시 먹자고 했다. 포장해서 먹어 본 적이 있는데 너무 맛있어서 꼭 직접 가 보고 싶었다며 잔뜩 들뜬 눈치였다.

하지만 연우는 그 사건 이후 아직도 떡볶이를 다시 먹지 못했다. 내일은 아무렇지 않게 먹을 수 있을까.

오늘도 열리는 일기장

"연우야, 만약에 엄마가 승진을 안 하면 어떨 것 같아?"

엄마가 조심스럽게 물었다. 연우는 잠시 눈을 동그랗게 뜨고 엄마를 바라보다가 대수롭지 않다는 듯 가볍게 입을 열었다.

"뭐 어때. 승진하는 게 그렇게 중요해?"

"뭔가 이뤄 낸다는 거? 의미 있는 일을 한다는 거?"

"그것도 다 생각하기 나름이지 않아? 왜 승진을 해야만 의미 있다고 생각해? 나는 안 그래. 그냥 하루하루 더 건강하고 행복하게 사는 게 중요하지, 그런 걸 희생하면서까지 승진하는 게 의미 있다고는 생각 안 해."

연우는 엄마가 아픈 몸으로 승진을 준비하는 것에는 명확히 반대하는 입장이었다. 그러면서도 말릴 수 없었다. 아빠와의 결혼 생활에 실패한 엄마는 승진만이 이모에게 할 수 있는 유일한 보답이라고 믿고 있는 것 같았다.

더 강하게 표현하고 싶었지만 아직 몸과 마음의 상처를 안고 있는 엄마를 혹시나 더 아프게 할까 봐 이 정도로 마무리했다. 엄마는 입가에 미소를 머금은 채 잠자코 연우의 말에 귀 기울이고 있었다.

주말의 해가 뉘엿뉘엿 지고 있었다. 노을 아래 서 있는 나무들도 울긋불긋 옷을 갈아입었다. 어디선가 본 구절에서처럼 울긋불긋한 단풍이 어여쁘다는 생각이 들었다.

잘 준비를 마치고 침대에 누웠을 때 갑자기 휴대폰이 울렸다.

[연우짱, 잠깐 집 앞으로 나올래?]

연우는 해리에게 바로 전화를 걸었다.

"이 시간에?"

"꼭 할 얘기가 있어서."

연우는 잠옷 위에 패딩 점퍼만 걸쳐 입고 집 앞으로 나갔다. 아파트 현관 앞에 서 있는 해리는 고개를 푹 숙이고 있었다. 연우가 다가가자 해리는 겨우 고개를 들더니 무겁게 입을 열었다.

"연우짱, 미안해……."

며칠 사이에 더 핼쑥해진 것 같은 해리는 눈마저 시뻘겋게 충혈되어 있었다. 연우는 해리의 얼굴을 가까이서 살피며 걱정스럽게 물었다.

"너 요즘 왜 그래? 무슨 일인데?"

해리가 손바닥으로 얼굴을 감싸고 흐느끼기 시작했다. 연우는 가만히 해리의 등을 토닥였다. 얼마 후 해리가 코를 훌쩍이고는 힘겹게 입을 열었다.

"너는, 뭐든지 용서해 줄 수 있다고 했지? 지금도 그럴까?"

연우는 가만히 해리를 바라봤다. 몹시 힘들어 보였다.

"……내가, 내가 그랬어. 서은이가 아니라, 내가 그랬다고! 정말 미안해. 미안해……."

깜짝 놀란 연우는 해리의 얼굴에 시선을 고정했다. 눈빛은 거짓말을 하지 못한다고 믿었다. 해리의 눈동자가 이리저리 괴롭게 흔들리고 있었다.

"무슨 말이야? 네가 뭘 했다는 거야?"

해리는 손이 시린 듯 손바닥을 문지르다가 연우 앞에 무릎을 꿇었다. 연우는 해리를 잡아 일으키려 했지만 역부족이었다.

"그 주말에 네 핸드폰 가지고 있었던 거, 박향기한테 욕 보낸 거. 내가 그랬다고."

"……뭐? 네가 왜?"

연우의 목소리가 점점 더 커졌다. 믿을 수 없었다.

"너는 나보다 늘 서은이가 우선이었잖아. 너랑 더 친해지고 싶었어. 처음엔 네가 폰을 안 가져갔길래 갖다주려고 챙긴 것뿐이었어. 그런데, 나도 내가 왜 그랬는지 모르겠어. 그 이유를 정말 오랫동안 생각해 봤어. 난 분명히 연우짱, 너랑 더 친해지고 싶고 네가 좋은데: 왜 너를 힘들게 한 걸까."

연우는 얼어붙은 듯한 표정으로 해리를 바라봤다. 머릿속이 새하얘진 느낌이었다.

"늘 네가 부러웠고 질투가 났어. 우리 집은 가난하고 난 공부도 못하는데, 너는 집도 잘살고 똑똑하잖아. 그래서 그랬던 걸까? 그런데, 너 가끔씩 나한테 되게 무례했던 거 알아? 나한테만, 나한테만 그랬어."

연우가 고개를 가로저으며 힘겹게 입을 열었다.

"거짓말하지 마! 너 갑자기 왜 이러는 거야?"

"그리고 넌 항상 불만만 많았어. 오히려 착하고 불쌍한 박향기만 씹어 댔지. 어쩌면 난, 널 조금 힘들게 하고 싶었는지도 몰라. 내가 너였다면 더 잘 살 수 있을 것 같다는 생각을 많이 했어."

해리는 목이 메어 힘겹게 숨을 고르면서도 꾹꾹 눌러 담았던 진심을 조심스레 풀어 놓았다. 연우의 눈에도 점점 눈물이 차올랐다. 또, 해리가 이렇게 길게 얘기하는 모습을 보는 게 처음인 것 같았다. 해리가 이런 생각을 가지고 있는지 미처 상상도 하지 못했다. 연우는 눈물을 닦고 잠자코 해리의 말에 집중했다.

"너네 엄마, 아빠가 선생님이라고 쌤들 사랑 독차지하는 것도 쌤이 났어. 너랑 나랑 같이 인사를 해도 쌤들은 너만 봤어. 특히 수학 쌤은 항상, 내가 인사를 해도 너한테만 대답해 주더라. 너랑 나랑 같은 점수를 받았을 때 나한테는 '잘했어'라는 무심한 칭찬만 해 주더니 너한테는 더 잘할 수 있다는 응원까지 이어졌어. 쌤들도 너무하지 않아? 같이 다녀도 언제나 그랬어. 그래서 너는 잘못을 저질러도 별로 혼나지 않을 것 같았어. 생각보다 많은 처벌을 받아서 놀랐지만, 아마 그게 나였다면 훨씬 더 많이 혼났을 거야. 장담할 수 있어."

"그럼 평생 숨기지, 이제 와서 왜 얘기하는 건데?"

"떡볶이집 CCTV 보러 간다며. 이제 어차피 다 알게 될 텐데, 나중에 밝혀지면 더 비참할 것 같아서. 아, 인생 뭐 이러냐. 왜 내 인생은 언제나 너보다 뒤에 있는 것만 같지?"

"도대체 그게 무슨 말이야? 어떻게 나한테……!"

"어쨌든 내가 잘못했어. 미안해. 정말 미안해. 너 힘들어하는 거 보면서 나도 마음이 많이 아팠어. 그런데, 너 벌받고 힘들어했던 그 잠깐의 시간보다 나는 사실 더 힘들었어. 평생 벌받는 것 같은 느낌, 태어난 것 자체가 벌받는 것 같은 느낌. 그거 모르지?"

"네가 뭐가 부족하다고 그런 말을 하는데? 그리고 누가 그렇게 잘나고 행복하다고 그러는 건데? 나에 대해 대체 뭘 안다고!"

해리는 여전히 무릎을 꿇은 채 고개를 푹 숙이고 어깨를 들썩거렸다.

"오해리. 너, 이런 말하는 거 다 변명이야. 잘못했으면 그냥 잘못한 거야."

"미안해……."

더 이상 해리의 얼굴을 바라보기 어렵다는 생각이 든 연우는 뒤돌아서 집으로 들어와 버렸다. 그리고 그날 밤, 잠시도 잠들지 못했다.

*

다음 날, 학교에서 해리는 무기력하게 엎드려만 있었다. 해리마저 다가오지 않자 연우는 몇 시간째 아무하고도 대화를 나누지 않았다. 여전히 떠들썩한 교실 분위기 속에서 연우는 해리의 엎드린 뒷모습만 뚫어지게 쳐다보았다. 원망과 배신감에 속으로 조용히 저주의 말을 퍼부었다.

점심시간이 되고 혼자 급식실에 가기 어색했던 연우는 슬그머니 학교 건물 뒤 공터로 향했다. 결국 또다시 이렇게 혼자가 되었다. 좀 더 익숙해지면 예전처럼 혼자서도 자연스럽게 급식실에 갈 수 있을 것이다.

지금 이 상황이 정말 현실인 걸까. 연우의 한숨 소리에 맞춰 나뭇잎들이 떨어져 내렸다.

"장연우!"

이름을 부르는 소리에 반사적으로 돌아봤다. 이 낯선 목소리는, 향기였다.

"급식 안 먹냐?"

어느새 다가온 향기는 연우와 보폭을 맞추고 있었다.

"속이 좀 안 좋아서."

연우는 향기 쪽을 바라보지 않으려고 애써 시선을 돌렸지만 향기는 아무렇지도 않게 나란히 걷고 있었다. 실제로 향기에게서는 순대 냄새도, 돼지 누린내도 나지 않았다. 욕설을 보낸 건 해리였지만 연우는 여전히 향기에게 미안한 마음이 남아 있었다.

"너는, 내가 왜 그렇게 싫은지 물어봐도 돼?"

갑작스러운 질문에 연우가 입술을 살짝 깨물고 향기와 시선을 맞췄다. 향기는 담담한 표정으로 대답을 기다리고 있었다.
"미안해."
"아니, 그건 편지로도 충분히 얘기했잖아. 한 번쯤은 물어보고 싶었어. 나를 싫어하는 이유, 알려 주면 나한테도 도움이 될 것 같은데."

연우는 향기를 바라보며 머뭇거렸다. 향기는 미소까지 지으며 편안한 태도로 대답을 재촉했다.

"김하준 때문만은 아니었을 거라 생각해. 사실, 김하준은 다른 여자애들이랑도 다 잘 지냈잖아. 그런데 넌 그중에서도 유난히 나를 싫어했던 거니까. 혹시 정말로 내가 국밥집 딸이라 싫어하는 건 아니겠지?"

향기의 질문이 끝나기도 전에 연우는 손사래를 쳤다.
"아니, 아니야. 그건 절대 아니야."
당황하는 연우의 모습에 향기는 풋 하고 웃음을 터뜨렸다. 연우는 걸음을 멈추고 잠시 망설이다 힘겹게 입을 열었다.

"내가 갖고 싶은데 갖지 못한 모습을 너는 아무렇지 않게 갖고 있어서. 그게 싫었던 것 같아."

엄마는 말하면서 명료해지는 생각들이 있다고 했다. 연우는 지금 이 순간 향기를 싫어했던 진짜 이유를 처음으로 명료하게 정리하고 있다는 느낌이 들었다. 동시에 해리의 말이 떠올랐다. 평생 벌받는 것 같은 느낌, 태어난 것 자체가 벌 같다는 느낌······.

해리가 이렇게 말한 이유는 뭘까.

"야! 어려워. 나 되게 단순하거든? 쉽게 좀 말해 줄래?"

향기의 물음에 연우는 고개를 절레절레 흔들며 해리에 대한 생각을 떠나보냈다. 그리고 무겁게 입을 열었다.

"초등학생 때 쉬는 시간에도 책 보고 공부해서 왕따당한 적이 있어. 그땐 애들 앞에서 알고 있는 걸 스스럼없이 다 말했었거든. 그거 때문에 잘난 척한다고 엄청 욕도 먹었고, 힘들었어. 이제 다시는 안 해. 못 해. 그런데, 넌 내가 못 하는 걸 아무렇지 않게 다 하고 있더라."

향기의 입꼬리가 점점 더 올라가더니 하얀 치아가 몽땅 보일 만큼 크게 입이 벌어졌다.

"웃겨. 그렇다고 날 그렇게 씹었냐? 나도 우리 집에서는 얼마나 소중한 딸인데, 겨우 그런 이유로? 야, 그리고 네가 그때 왕따당한 건 그 애들 잘못이지 네 행동이 잘못이었던 건 아니잖아? 그런데 왜 못 해?"

연우는 향기의 말에 마땅한 대답을 찾지 못했다. 무심코 고개를 드니 파란 하늘이 넓게 펼쳐져 있었다. 잠시 후, 옆에서 조금은 더 편안해진 향기의 목소리가 들렸다.

"서은이 말이 맞네. 너 나쁜 애 아니라더니. 그저 조금 바보 같을 뿐이네. 아, 이 바보 같은 장연우 때문에 박향기도 잠깐 바보가 되어서 몹시 힘들었던 거야. 솔직히 나도 그 일 있고 나서 마음고

생 많이 했다고."

생각지도 못한 고백에 연우는 걸음을 멈추고 물끄러미 향기를 바라봤다. 향기가 씩 웃으면서 팔꿈치로 연우를 살짝 찔렀다.

"지금은 괜찮으니까 걱정 마. 그럼 그런 욕을 대놓고 들었는데 멀쩡할 수가 있겠냐? 천하의 박향기라도 그런 건 어렵다."

연우는 입술을 꾹 다물고 고개를 숙였다. 입을 열면 미안하다는 말만 무한 반복 할 것 같았다.

"서은이 아니었으면 나도 너한테 어떻게 했을지 몰라. 근데, 서은이가 자기를 걸고 보증한대. 장연우 나쁜 애 아니라고. 웃기지 않냐?"

"서은이가?"

"그래. 그럼 뭐, 걔가 누구처럼 남 욕하고 다닐 줄 알았냐?"

연우는 순간적으로 머릿속이 정지된 느낌이었다. 그저 멍하니 서 있을 뿐이었다. 그때 갑자기 향기가 손을 잡아당겼다.

"배고프다. 우리 얼른 밥 먹으러 가자."

연우는 향기의 손길을 뿌리치지 못하고 얼떨결에 따라 뛰고 있었다. 향기에게서 달콤한 가을 냄새가 풍기는 것 같았다.

15

11월 21일 화요일
낙엽이 우수수

정수 오빠에게서 편지가 오지 않는다. 마지막으로 오빠가 편지를 쓴 날짜를 확인해 봤더니 우리가 만났던 10월 22일. 내가 답장한 이후로 오빠의 편지가 없다. 매일 아침저녁으로 우편함을 확인해 보지만 내게 오는 편지는 없다.

이런 적이 처음이라 오빠에게 무슨 일이 생긴 건 아닌지 걱정된다. 편지가 오지 않으니 머리도 더 아프고 마음이 안 좋다.

다음 약속을 못 잡을 것 같다고 답장했다 말했더니 경희가 깜짝 놀랐다. 오빠를 만나고 싶지 않아서 내가 거절한 것으로 받아들일 수 있을 것 같다나.

우리 일이 워낙 바쁘니까 휴일을 미리 정할 수 없다는 뜻이라고 몇 번이나 경희에게 해명했다. 그런데 경희는 이해하지만 오빠는 오해할 수 있는 말이란다. 어떻게 하면 좋을까.

다시 편지를 보내 내 상황을 설명할까 하다가 그만두었다. 기차 여행 비용을 오빠 혼자 감당하게 할 수도 없는 노릇이다. 기차푯값과 식비, 이것저것 돈이 많이 들 텐데 부담스러운 것도 사실이다.

작년에 경희가 흥얼거리던 윤수일의 노래가 오늘따라 머릿속에 맴돈다. 다른 생각을 하려고 해도 잘 안 된다. 한 구절, 한 구절이 가슴을 콕콕 찌른다.

이렇게 사랑이 괴로울 줄 알았다면 차라리 당신을 만나지 않았을 거라고, 이제 와서 후회해도 소용없는 일이지만 그 시절의 추억이 다시 온다고 해도 사랑만은 않겠다고.

사랑만은 않겠어요, 사랑만은 않겠어요. 주문을 외우듯 몇 번이나 중얼거려 보지만 마음은 더 아프기만 하다.

저녁으로 나온 빵을 먹는데 눈물이 주르륵 흘러내렸다. 눈물 젖은 빵을 먹으며 주린 배를 채웠다. 경희는 나를 안고 토닥여 줬다. 내 옆에 경희가 있어 얼마나 다행인지 모른다. 지금 내 옆에는 경희만 있으면 된다. 더 욕심을 부리지 말자.

경희가 있어 감사하다. 정말 감사하다.

교실에 먼저 도착한 너구리 눈이 일기를 읽으며 눈시울을 붉히고 있었다. 눈물 때문에 아이라인이 번지면서 정말 너구리 눈처럼 변해 버린 모습을 보고 연우는 웃음을 터뜨려 버렸다.

연우는 너구리 눈 옆에 바짝 다가가 앉아 어깨를 맞대고 일기를 같이 읽었다.

"아아, 그때 그 정수 오빠! 한동안 말 없더니."

"때로는 일기장에도 감춰야 할 감정이 있는 법이거든."

그럴듯한 말에 연우는 너구리 눈의 얼굴을 바라봤다. 광대뼈까지 아이라인이 번진 너구리 눈의 모습이 귀여워 보였다.

"가족이 보게 되면 정말 골치 아파서 일기장에도 솔직한 마음을 털어놓지 못하는 이 심정. 알지, 나는 알아."

"그런데 잠깐만, 사랑만은 않겠어요? 이거는 노래 가사야?"

"그런 것 같은데?"

너구리 눈은 휴대폰을 꺼내 '사랑만은 않겠어요'를 검색 창에 입력했다.

"오오, 진짜 노래 맞아! 가수 이름이 윤수일? 누구인지 알아?"

"언제 적 노래야? 와, 진짜 이 사람 취향 뭐지? 이렇게 옛날 가수를 좋아한다고?"

너구리 눈이 재생 버튼을 누르자 옛날 느낌의 멜로디가 재생됐다. 연우는 너구리 눈과 눈을 마주치고 쿡쿡 웃었다.

옛날 노래를 유난히 좋아하는 사람들이 있었다. 특히 엄마가 그랬다. 연우는 엄마와 노래 듣는 취향도 많이 달랐다. 엄마가 즐겨 듣는 노래는 아무리 들어도 좋은 부분을 찾을 수 없었다.

"노래 취향도, 노트를 고르는 취향도 정말 남다르신 분이야."

너구리 눈의 말에 연우가 미소를 지으며 고개를 끄덕였다.

"우리 엄마랑 좀 비슷한 듯?"

"이분은 나이가 어린데, 너네 엄마랑 비슷하다는 건 정말 엄청난 레트로 감성을 갖고 있단 말이잖아."

"맞아, 맞아. 아, 이거 동생 선물!"

연우는 엄마에게 받은 너구리 인형을 너구리 눈에게 건넸다.

"뭔데? 근데 내 선물이 아니고?"

"사실은 엄마한테 내가 받았는데, 난 이제 이런 건 좀."

"어! 완전 귀엽다!"

너구리 눈은 너구리 인형을 껴안고 쓰다듬으며 만족스러운 표정을 지었다.

"근데 내가 너한테 동생 있다고 한 적 있어?"

"동생 없어? 동생 있는 사람의 마음이 어쩌고, 했잖아?"

"아! 친동생은 없어도 그 마음은 알지. 사촌 동생이랑 아주 각별하거든."

"그럼 그 사촌 동생 갖다줘."

"이거 걔 취향 아니야. 그리고 걔도 나이 많아."

"우리보단 어릴 거 아니야?"

"어? 아니야. 동갑이야."

연우가 잠시 눈을 찡그리며 어이없다는 표정을 지었다. 너구리 눈은 해명을 시작했다.

"나는 1월 초에 태어났고 동생은 12월 말에 태어났거든. 어려서부터 동생이 언니라고 부르면서 잘 따랐어."

"동생이 되게 착한……."

연우는 무심코 동생이 착한 것 같다는 말을 하려다가 온몸이 굳어 버렸다. 순간적으로 서은이 떠올랐다. 서은을 통해 동갑내기 사촌 언니에 대한 이야기를 여러 번 들은 적이 있었다. 설마, 아닐 거야. 세상이 얼마나 넓고 사람이 많은데, 아닐 거야.

너구리 눈은 연우의 반응도 아랑곳하지 않고 너구리 인형을 꼭 껴안았다.

"이 인형 나 해도 되지? 완전 내 취향이야! 유학 갈 때도 데리고 갈래."

기분 탓인지 웃고 있는 너구리 눈의 모습에 서은의 얼굴이 겹쳐 보였다. 연우는 잠시 고개를 가로젓고 제대로 물어보기로 마음먹었다.

"그래. 근데 그럼, 동생은 학교 다녀?"

"어. 나랑은 달라. 잘 다녀. 공부도 잘하고, 애들이랑도 잘 지내. 평온중 2학년이야."

"평온중?"

연우의 커진 목소리에 너구리 눈의 두 눈이 동그래졌다.
"동생 이름이 혹시?"
"내 동생 이서은."
예감은 빗나가지 않았다. 연우의 심장이 마구 쿵쾅거렸다. 책상 위에 올려놓은 손가락이 덜덜 떨렸다. 이서은이라는 이름이 평온중학교에 또 있는지 생각해 봤지만 떠오르지 않았다. 그 이름은 2학년에 단 한 명뿐이다. 머리가 핑 돌았다. 연우는 다시 확인하듯이 중얼거렸다.
"그러니까 너는 이미아고, 사촌 동생은 이서은이라는 거지?"
"아, 내 본명은 이예은이야. 사촌이지만 우리는 친자매처럼 이름도 비슷해. 엄마랑 이모랑 사이가 워낙 각별해서. 그래서 우리도 이렇게 잘 지내는 건가? 미아라는 이름은 영어로 내가 정한 거야. 영화 주인공 이름인데, 이탈리아어로 '나의'라는 뜻이거든. 내 인생에 좀 더 애착을 가져 보려고 직접 정했어. 멋있지?"
서은과의 관계에 대해 털어놓을까 하다가 연우는 슬며시 입을 다물었다. 자신이 없었다. 혹시라도 미아와의 관계까지 틀어질까 봐 조심스러웠다.
"아, 인성 교육 다음 주까지인 거 알지?"
"다음 주가 마지막이라고?"
몇 달 동안 인성 교육을 들으러 복지관에 다니고는 있었지만 정작 수업을 들은 기억은 하나도 없었다. 그런데도 교육이 끝난다고 생각하니 가슴 한편이 휑한 느낌이었다. 매주 미아를 만나는 것도 좋았고, 일기를 읽는 것도 재미있었는데.

"처음에 동의서에도 다 안내됐던 내용이야. 나는 교육 끝나고 유학 가는 시기를 좀 앞당기려고."

연우는 절로 입술이 툭 튀어나왔다. 빤히 쳐다보는 미아에게 민망해서 일기장으로 시선을 돌렸다. 너구리 눈도 일기장을 바라보더니 아쉬운 듯 천천히 입을 열었다.

"이 일기 쓴 사람, 결국 못 찾고 끝나는 건가?"

"그러게, 나 진짜 궁금한데."

시간이 얼마 남지 않았다고 하니 일기장의 주인공을 서둘러 찾아야겠다는 생각이 들었다. 연우의 마음이 조급해졌다.

"나도 궁금해. 근데, 찾아도 별수 없잖아? 우리가 이 사람을 도와줄 수 있는 것도 아니고, 일기장을 봤다고 말할 수 있는 것도 아니고. 그냥 이렇게 지나가는 게 서로 더 좋을 수도 있어."

다른 날에도 복지관에 와 볼까 망설이고 있던 연우의 발걸음을 미아가 붙들었다. 미아의 말에도 일리가 있었다. 맞닥뜨리지 않고 그냥 지나치는 게 더 좋을 때도 있는 법이다. 범인이 해리라는 사실도 그랬다면 더 좋았을까.

*

12월 3일 월요일
본격 겨울로 가는 비가 내리다

바나나킥이라는 과자를 처음 먹어 봤다. 달콤하고 바삭바삭한 게 꿀맛!

바나나는 노란색이라던데 바나나킥 포장은 왜 빨간색으로 했을까? 바나나 과자도 이렇게 맛이 있는데 진짜 바나나는 얼마나 맛이 있을지 궁금하다. 다음에 먹어 볼 날이 있겠지.

새로 들어온 영주에게서 노동 운동에 대한 이야기를 들었다. 영주는 우리가 단결하고 뭉쳐서 싸워야 한다고 했다. 잘못된 게 있으면 바꿔야 한다고.

그런데 내 작은 힘으로, 우리의 작은 힘으로 세상을 바꿀 수 있을까? 선생님들은 항상 나 자신만 생각하지 말고 타인을 위해 희생하라고 말했는데 이게 정말 다른 사람을 위한 길일까?

야근 시간이 점점 늦어지고 있다. 노예가 된 기분이다. 여전히 두통이 있고 수시로 코피가 흐른다. 먼지가 자욱한 데다 실밥까지 날아다니는 환경에서 상태가 나아질 것 같지가 않다.

다시 병원에 가 봐야 할 것 같은데 일이 너무 바빠 미루고만 있다. 수술을 하라고 하면 어쩌나.

아침에 겨우 일어나면 얼굴이 퉁퉁 부어 있다. 내 얼굴이 원래 이렇게 생겼나 의문이 든다.

올해도 결국 고향에 가지 못했다. 내년엔 꼭 갈 수 있어야 한다. 무슨 일이 있어도 구슬이 입학 전에는 반드시! 그때는 몸이 건강한 상태여야 할 텐데. 바나나킥을 먹어 보니 구슬이 생각이 더 간절해진다.

구슬이에게 바나나킥을 반드시 사다 주리라. 두 봉지 사다 주리라. 마음을 강하게 먹자. 내겐 능력이 있다. 소중한 가족에게 내가 도움이 된다는 사실이 감사하다, 정말 감사하다.

오늘은 연우가 먼저 일기장을 펼쳤다. 오늘로 인성 교육은 끝나지만 이 일기장에는 일기가 차곡차곡 쌓여 가겠지. 여전히 너무나 궁금하다. 일기장을 쓰는 사람이 누구인지, 이 뒤엔 어떤 이야기들이 쓰일지……

그때 문이 끼이익 소리를 내며 열렸다. 반가운 얼굴, 미아가 들어왔다. 미아는 연우를 보자 한 손을 들어 장난스럽게 흔들었다.

"너 왜 얘기 안 했어?"

연우는 미아를 보고 무슨 말인지 모르겠다는 표정을 지었다.

"서은이가 너랑 완전 친하다던데? 유치원 때부터 알고 지냈다고. 이모도 네 이름 얘기하니까 아시더라?"

연우는 가렵지도 않은 머리 뒷부분을 살짝 긁으며 둘러댔다.

"서은이가 그렇게 말해? 사실 여기 오게 된 사건 이후로 사이가 좀 틀어졌는데. 내가 싫어하던 애랑 서은이가 같이 지내면서……."

"걔 혹시 혼자 다니는 애야? 조금 상황이 힘들었다거나?"

"응?"

연우는 얼마 전에 향기에게 들은 말을 떠올렸다. 향기는 마음이 힘들었던 상황에서 서은에게 큰 도움을 받았다고 했다.

"서은이가 나 때문에 좀 그런 애들한테 먼저 다가가는 편이야. 그런데 서은이는 너랑 사이 틀어졌다고 말 안 하던데? 너만 그렇게 생각하는 거 아니야? 서은이는 너 안 싫어해."

하지만 정작 따지고 보면, 요즘 혼자 다니는 건 다름 아닌 연우였다. 해리와 멀어지고 벌써 몇 주가 지났다. 해리와도 서은과도 아무런 대화를 나누지 못하고 망설이는 사이에 시간만 지나가고 있었다.

해리는 요즘 서은과 급식실에 같이 다니는 것 같았다. 향기는 고정된 밥 친구가 없어서인지 서은, 해리와 같이 가는 날도 있었고 아닌 날도 있었다. 연우는 그런 모습을 무심히 바라보다가 주로 도서실에 가서 모자란 잠을 보충하며 쓸쓸한 점심시간을 보냈다. 또, 가끔은 아무렇지도 않게 혼자 급식실에 가서 배를 채우기도 했다.

이전과 비교하면 확실히 더 무료하고 외로운 학교생활이었다.

오해를 풀고 잘못이 있었다고 밝혀진 건 해리인데, 혼자 남은 건 연우였다. 어디서부터 무얼 어떻게 풀어 나가야 할지 도무지 알 수 없었다.

"서은이가 나 안 싫어한다고?"

미아가 방금 한 말을 되새기고 있자니 이 한마디가 가슴에 확 꽂혔다.

"너 의리 있고 괜찮은 친구라고 칭찬하던데? 뭐, 서은이가 원래 친구들 칭찬을 많이 하긴 하지만. 잘됐다. 다음에 서은이랑 같이 영국에 놀러 와."

그때 갑자기 연우의 휴대폰이 울렸다.

[연우짱, 이전처럼 지내고 싶다고 하면 내 욕심이겠지?]

몇 주 만에 도착한 해리의 메시지였다. 연우는 멍하니 휴대폰 화면을 바라봤다. 여전히 해리에게 화가 났다. 배신감이 들었다. 그런 행동을 하고도 이전처럼 지내고 싶다니, 해리의 말을 곱씹어 볼수록 연우의 숨소리가 거칠어졌다. 화면을 닫자마자 또다시 메시지가 도착했다.

[나 정말 반성 많이 했고, 절대로 다시는 그럴 일 없어. 선생님한테도, 박향기한테도 다 말하고 오해 풀게. 마음이 너무 힘들어서 견딜 수가 없어.

미안해. 정말 미안해.]

짜증 난다고 생각하면서도 연우는 해리의 메시지를 읽고 또 읽었다. 옆에 미아가 있다는 것도 잊은 채 한 글자씩 꼼꼼하게 마음에 담았다. 해리의 힘든 마음이 느껴지는 듯 가슴이 저릿저릿했다. 한동안 해리에 관한 모든 것이 짜증 나고 원망스럽기만 했다. 해리가 그런 행동을 했다는 것이 차마 믿기지 않았다.

그런데 시간이 지날수록 그동안 해리에게 준 상처들이 더 많이 떠오른 것이 사실이다. 가끔씩 해리에게 몹시 무례했다는 사실을 왜 여태 깨닫지 못했을까. 아니, 어쩌면 이전부터 이미 알고 있었던 것 같기도 하다.

해리에겐 그래도 된다는 생각이 있었던 것 같다. 해리에게 받은 상처와 준 상처 중에 어느 쪽이 더 클까. 상처라는 것의 무게도 간단하게 저울에 측정해 볼 수 있으면 좋을 텐데.

일기장을 읽던 미아가 손바닥으로 얼굴을 감싸고 우는 시늉을 했다.

"눈물 없이는 읽을 수 없는 일기장! 아, 주인공은 도대체 어떤 삶을 살고 있는 거야."

"그런데, 이상한 거 있어. 바나나킥 포장지 노란색이지 않아?"

"노란색이지. 어? 근데 빨간색이라고 써 놨네?"

"노란색 확실하지?"

미아는 휴대폰으로 바나나킥을 검색해 바로 연우에게 보여 주었다. 명백히 노란색 포장이 맞았다.

"아, 혹시 그런 거 아닐까. 요즘 포장이 워낙 다양하게 나오잖아. 편의점에서 파는 거랑 마트에서 파는 거랑 포장이 다르기도 하고, 크리스마스 에디션 뭐 이런 것도 나오던데?"

미아의 말에 집중하던 연우는 잠자코 고개를 끄덕였다. 얼마 후, 이번에는 미아가 의문을 제기했다.

"참, 이번 주에 비 안 오지 않았어?"

"응. 안 왔던 것 같은데? 겨울 가뭄이라고 뉴스에도 나왔던 것 같아."

"어떡해. 소름 돋는다."

미아가 일기장의 한 부분을 손가락으로 짚으면서 눈을 동그랗게 떴다. 미아의 손가락 아래 '본격 겨울로 가는 비가 내리다'라는 구절이 또박또박 적혀 있었다. 연우가 고개를 갸웃거리며 심각한 표정으로 말했다.

"이 사람 동네에는 왔었나?"

"12월 3일이 월요일이었던 건 확실하지?"

"응. 확실해."

"그런데 아, 좀 이상해. 혹시, 설마, 이거 뭐……."

미아는 잠시 뭔가 생각하더니 고개를 절레절레 흔들었다. 그러고는 소름이 돋는 듯 양손으로 반대쪽 팔을 쓸어내렸다. 연우는 미아의 이어질 말을 기다리며 귀를 쫑긋 세웠다. 하지만 미아는 더 이상 말을 잇지 않았다.

 수업이 이어지는 중에도 연우와 미아는 연습장에 대화를 주고받으며 기둥 뒤에서 킥킥거렸다. 이런 시간도 마지막이라 생각하니 너무나 아쉬워 도저히 참을 수가 없었다. 연우는 한마디라도 더 하고 싶어서 손 글씨를 서둘렀다.
 "계속 연락할게. 영국에서도 카톡은 다 되니까. 페이스톡도 할 수 있어. 원한다면 나중에 너 결혼식 때 내가 메이크업 해 줄게."
 "그래. 열심히 공부해서 꼭 훌륭한 메이크업 전문가가 되기를."
 연우는 진심을 담아 미아에게 응원의 말을 건넸다.
 "정말 감사하다. 여기서 너처럼 좋은 친구를 만나다니."
 "나도 정말 감사하다. 감사하다."
 미아는 일기장의 마지막 구절을 따라 하며 마음을 전했다. 이에 질세라 연우도 감사하다는 말을 반복했다.
 연우와 미아는 나란히 서서 복지관 건물을 돌아봤다. 처음 봤을 때처럼 여전히 낡고 허름한 건물이었다. 2층 교실에서 따스하게 새어 나오던 노란 불빛이 소리도 없이 꺼졌다. 연우와 미아는 서로의 얼굴을 마주 보며 미소 지었다. 어느새 다가온 노란 고양이도 옆에 나란히 서 있었다.

16

 검은 정장을 입은 엄마가 허둥지둥 움직이고 있었다. 엄마의 얼굴은 금방이라도 다시 쓰러질 것처럼 창백했다. 연우는 엄마의 팔을 부여잡고 멈춰 세웠다. 엄마는 뭔가를 잃어버린 듯 허망한 표정이었다.
 "연우야. 엄마 부산에 좀 다녀와야 될 것 같은데, 혼자 있을 수 있지?"
 "갑자기 부산에는 왜?"
 "이모 친구가 돌아가셨대."
 목적지가 부산이라는 말을 듣자마자 연우의 마음은 이미 움직이고 있었다. 하준이 있는 곳, 당장이라도 가 보고 싶었다. 하준을 만나지 못하더라도 상관없었다.
 "나도 같이 갈래. 엄마 금방이라도 쓰러질 것 같단 말이야."

급히 필요한 물건을 챙기고 있는 연우의 모습을 엄마는 아무런 말없이 그저 바라보고만 있었다.

엄마는 입을 열면 금방이라도 울음소리가 터져 나올 것 같은 얼굴이었다. 연우는 기차에서도 내내 엄마 눈치만 살폈다. 이럴 땐 조용히 옆에 있어 주는 게 더 힘이 될 거라는 판단이었다.

잠시 눈을 감았다가 떴을 때 엄마는 잠들어 있었다. 부산까지는 아직 삼십 분 정도 더 가야 했다. 멀긴 멀구나, 연우는 앉은 자리에서 기지개를 켰다.

메신저 화면을 열어 오랜만에 하준의 프로필 사진을 확인했다. 키가 더 큰 듯했다. 왠지 얼굴선이 더 굵어진 것도 같았다. 웃는 얼굴 안에 귀여운 보조개는 여전했다.

두 손가락을 움직여 하준의 얼굴을 더 크게 해 살펴보았다. 잘 지내고 있는 것 같았다. 절로 미소가 지어졌다.

부산역에서 택시를 타고 장례식장에 도착했을 때는 이미 캄캄한 밤이었다. 외곽에 널찍하게 자리 잡고 있는 장례식장 주위에 다른 건 아무것도 없었다.

"걱정하지 말고, 그냥 엄마 옆에만 있으면 돼."

장례식장에 처음 와서 긴장된 마음을 엄마에게 들킨 것 같았다. 엄마는 엘리베이터를 기다리며 조용히 입을 다물었다. 그때 검은 한복을 입고 두 눈이 퉁퉁 부은 여자가 다가왔다.

"구슬이 왔나?"

연우는 흠칫 놀라 반사적으로 뒤를 돌아봤다. '구슬이'라는 이름이 낯설지 않았다. 생각보다 많은 사람들이 '구슬이'라는 애칭으로 불리고 있는지 모른다. 아니, 어쩌면 본명일지도.

그런데 뜻밖에 엄마가 그 목소리에 반응했다. 설마 엄마가 구슬이? 일기장 속 구슬이? 연우는 말도 안 된다고 생각하며 고개를 가로저었다.

엄마는 다가온 여자와 손을 맞잡았다. 이내 둘은 꼭 껴안고 서로의 등을 토닥였다. 연우는 가만히 머리만 갸웃거렸다.

"와 줘서 고맙데이."

"에이, 언니. 당연히 와야지. 자주 못 와서 미안타."

엄마가 사투리를 쓰는 모습을 처음 본 연우는 깜짝 놀라 눈을 휘둥그렇게 떴다.

"아이다. 그래도 이렇게라도 얼굴 보니까 좋네. 잘 지냈제?"

엄마는 여자와 꽤 잘 알던 사이처럼 보였다. 연우는 두 사람의 관계를 파악하기 위해 열심히 머리를 굴렸다.

그때 여자가 연우를 바라보며 말했다.

"연우도 많이 컸네."

"인제 중학교 2학년이다."

"숙이 언니랑 닮았네."

연우가 늦은 저녁을 먹는 동안에도 엄마와 여자는 이야기를 나눴다. 같이 울다가 웃다가 하면서도 대화는 끊이지 않았다. 오랜

만에 만난 만큼 할 말이 많은 듯했다.

 연우는 이해되는 말은 알아듣고, 잘 모르는 이야기들은 그냥 흘려버렸다. 조금씩 잠이 오는 것도 같았다. 그도 그럴 것이 학교 수업이 끝나고 복지관에 갔다가 부산에 있는 장례식장까지, 그 언제보다 기나긴 하루를 보내고 있기 때문이었다.

 그때 키가 크고 삐쩍 마른 아저씨가 등장했다. 하얀 얼굴에는 주름이 자글자글했다. 여자의 뒤를 따라 자리에서 벌떡 일어난 엄마도 아저씨를 향해 다가갔다. 엄마와 여자는 아저씨를 '오빠'라고 불렀다.

 이윽고 아저씨는 연우의 옆에 자리를 잡았다. 아저씨 역시 많이 울었는지 두 눈이 새빨갰다.

 "니가 연우가?"

 아저씨가 연우를 보며 알은체했다.

 "아유, 언뜻 보니 숙이 얼굴이 있는 것 같네."

 숙이 이모와 닮았다는 말을 연이어 들었지만 연우는 알지 못했다. 이모는 연우가 태어나기도 전에 돌아가셨다. 사진조차 제대로 본 적이 없었다. 이모는 늘 엄마의 눈물 속에만 존재했다.

 여자가 다시 자리에 앉자 돌아가신 이모 친구에 관한 이야기로 화제가 옮겨졌다. 엄마는 눈시울을 붉히며 가만히 듣고만 있었다.

 "제일 고생시러웠다 하면서도 걸핏하면 그때 얘기뿐이었다. 숙이 언니랑 같이 서울에 있을 때 이야기, 오빠야랑 청량리에서 다

같이 기차 탔다는 이야기……. 그래서 다시 그때로 돌아가고 싶나 물어보믄 또 한동안 대답이 없었다니까."

"좋아할 끼다. 맨날 숙이 보고 싶다고 그렇게 노랠 불러쌌더만 이제 얼마나 좋아하겠노. 저세상에선 안 아플 테니 잘됐지. 숙이도 참 기나긴 세월, 혼자 외롭게 기다렸을 텐데."

아저씨는 코맹맹이 목소리였음에도 또박또박 천천히 말을 이어갔다.

"감기 걸렸나? 요즘 날이 추워서 조심해야 한다."

"괘안타. 겨울에 감기 걸리는 것 정도야 다 그런 거 아니겠나."

여자의 걱정에 아저씨는 대수롭지 않다는 듯이 주머니에서 손수건을 꺼내 코를 훔쳤다. 그러고는 애써 웃으며 테이블에 앉은 사람들을 돌아봤다. 연우도 아저씨와 눈이 마주쳤다.

앗, 아저씨도 눈 밑에 보조개가 있었다. 주름 사이에 명백히 쏙 들어간 저 흔적은 인디언 보조개가 틀림없었다. 인디언 보조개를 가진 사람이 생각보다 많구나.

지금 부산 어딘가에 있을 하준, 지금 앞에 있는 아저씨, 그리고 일기장에 나오던 정수 오빠……. 머쓱한 연우는 반대쪽으로 고개를 돌렸다.

세 사람은 끊이지 않고 대화를 주고받았다. 울음소리도 웃음소리도 점점 커졌다. 연우는 연달아 하품을 하다가 결국 의자에 기대어 살짝 눈을 감았다. 얼마나 지났을까.

"오빠, 정수 오빠야! 이거!"

여자가 외치는 소리에 놀라 잠에서 번쩍 깼다. '정수 오빠'라는 말이 연우의 심장을 마구 요동치게 했다. 정수 오빠를 찾으면 일기장 주인공의 정체를 밝힐 수 있을 것 같다는 생각이 들었다.

연우는 재빨리 주위를 둘러봤다. 아까보다 식당 안이 휑했다. 사람들이 많이 돌아간 것 같았다.

"연우야, 일어났으면 아저씨한테 얼른 가서 인사해."

엄마의 말에 서둘러 몸을 일으킨 연우는 엘리베이터 쪽으로 향했다. 큰 소리로 외치던 여자는 아까의 그 아저씨에게 손수건을 건네고 있었다.

"잘 챙기라. 놓고 갈 뻔했다."

한 귀퉁이에 작은 새싹 무늬가 그려진 노란 손수건이었다. 노란 손수건, 정수 오빠.

꿈을 꾸고 있는 건가. 궁금한 마음이 넘치다 보니 일기장 속 세계에 들어온 건가. 연우는 정신없이 주위를 두리번거리다가 엘리베이터 옆에 붙은 전광판을 이제야 확인했다.

경희, 김경희. 돌아가신 분 이름이 바로 경희였다.

"말도 안 돼……."

연우는 우두커니 서서 자그마한 목소리로 중얼거렸다.

잠시 후, 정신을 차린 듯이 서둘러 다시 앞을 바라보자 아저씨가 탄 엘리베이터 문이 서서히 닫히고 있었다. 문틈 사이로 보이는 아저씨의 두 눈은 잔뜩 충혈되어 있었다. 아저씨는 눈물을 닦고 눈 밑 보조개가 쏙 들어갈 정도로 애써 웃어 보였다.

연우의 동공이 점점 더 커졌다. 아저씨의 보조개에서 눈을 뗄 수 없었다. 엘리베이터 문이 조용히 닫히고, 연우의 눈앞이 빙그르르 돌았다.

*

기차에 타서도 한동안 멍하니 창밖만 응시하던 엄마는 이제야 겨우 잠에 들었다. 연우는 잠들어 있는 엄마의 얼굴을 물끄러미 바라봤다.

구슬이. 그동안 차마 의심조차 하지 못했다. 가슴이 뭉클했다. 엄마도 누군가에게는 떠올리기만 해도 애틋하고 한없이 사랑스러운 존재였던 걸까. 엄마가 천천히 눈을 떴다. 연우를 보더니 싱긋 웃는 얼굴을 했다.

"안 졸려?"

"엄마 사투리 쓰는 거 처음 봤어."

"원래 고향 사람들 만나면 옛날 말투가 나오는 법이야."

엄마가 대답했다. 밤새 많이 운 탓에 여전히 눈은 빨갰지만.

"엄마, 이모랑 나이 차이가 많이 난다고 했었지? 이모는 어떤 사람이었어?"

엄마가 천천히 고개를 끄덕이더니 가만히 눈을 감았다. 그러고는 잠시 숨을 고르다가 입을 열었다.

"자기가 하고 싶은 것보다 동생들한테 해 주고 싶었던 게 많았던 사람."

엄마는 점점 잠겨 가는 목소리로도 또박또박 말을 마무리했다. 일기장에서 읽었던 수많은 문장이 어렴풋이 떠올랐지만 섣불리 입을 열 수는 없었다. 기억에 대한 확신이 없었다. 이럴 줄 알았으면 일기를 좀 더 집중해서 읽는 건데.

엄마는 아무런 대답이 없는 연우의 모습을 보며 조용히 미소 지었다. 엄마의 미소에 힘입어 연우는 천천히 입술을 뗐다.

"이모, 혹시 일기 같은 거 썼어?"

"글쎄? 잘 모르겠네. 따지고 보면 같이 산 세월은 별로 길지 않아서."

"그런데도 그렇게 서로 소중하고 애틋했던 거야?"

엄마의 시선 너머로 터널 속 어둠이 짙게 번지고 있었다.

"학교 입학 전날, 어린 마음에 온통 신경은 신발에만 가 있었어. 그동안 신던 신발이 너무 시커멓고 낡아서 꼭 새 신발을 신고 학교에 가야 된다고, 얼른 사 달라고 할머니한테 울고불고 떼를 쓰다가 저녁 일찍 잠들어 버렸지. 그러다가 누가 깨워서 일어나 보니 글쎄, 이모가 온 거야. 무려 삼 년 만이었어. 그날 밤에 이모 손을 잡고 신발을 사러 시장에 갔거든? 시간이 늦어서 가게 대부분이 문을 닫았는데, 이모가 신발 가게 문을 어찌나 세게 두드리던지……. 가게 주인이 잠에서 깨서 문을 열어 준 거야. 그 신발 가게가 온통 내 세상이 된 것처럼 하나하나 다 신어 보고 제일 마음에 드는 걸 골라서 신고 나올 때의 그 기분은……."

엄마는 아득한 표정을 하고 있었다. 입은 웃고 있는 듯한데 눈에서는 금방이라도 눈물이 터져 나올 것 같은 표정이었다.

"그러고 집에 와서는 옷장에서 제일 좋은 옷을 꺼내서 다림질을 시작했어. 속옷이랑 양말까지 다. 이모는 엄마한테 반듯한 옷을 입고 학교에 가서 절대 기 죽지 말라는 말을 몇 번이나 반복했어. 뜨거우니까 가까이 오지 말라는 말에 엄마는 맞은편에 앉아 이모 얼굴만 봤어. 이모가 사 온 과자를 먹으면서……. 그때 그 과자 맛이 참 달았던 기억이 아직도 생생해. 그러다 까무룩 잠이 들었다가 일어났는데 할머니 말이, 이모가 새벽차를 타고 벌써 서울로 떠났다는 거야."

엄마의 말을 들으며 연우는 어렴풋이 새벽의 고속도로 풍경을 떠올렸다. 어스름한 새벽의 차가운 공기, 차마 떨어지지 않았을 것 같은 무거운 발걸음. 그 순간에도 이모는 감사하다는 마음을 가지고 있었을까.

"이모가 살아 있을 때는 엄마가 너무 어려서 몰랐지. 철이 없어서 이모가 얼마나 힘들지 생각해 보지도 못했어. 말도 안 되지만, 그땐 그냥 당연하게 생각했어. 엄마랑 삼촌은 공부를 해야 하니까 이모는 돈을 벌어 보내 줘야 한다고. 이모 덕분에 엄마랑 삼촌은 걱정 없이 학교에 다닐 수 있었던 거야. 그러다가 이모가 많이 아프다는 말에 만나러 갔는데, 그렇게 작은 방에서 여럿이 살고 있었을 줄이야. 그렇게 열악한 환경에서 힘들게 일하고 있었을 줄이야…….".

엄마가 잠긴 목으로 천천히 다시 말을 이었다.

"방 앞에 가지런히 놓인 이모 신발을 보게 됐는데, 너무 속상해서 도저히 참을 수가 없더라. 내 신발은 제일 좋은 걸로 고르라더니 정작 자기 신발은 말할 수도 없이 낡고 헤진 거야. 그런데 엄마는, 이모 신발을 사 줄 기회가 영영 없었어. 그래서 대신 더 잘 살고 싶었어. 이모를 더 많이 기억하면서, 정말 멋지게 살고 싶었어. 이모의 노력이 헛되지 않았다고 어떻게든 증명해 내고 싶어서."

"이모, 많이 아팠어?"

엄마는 눈을 감은 채로 고개만 끄덕였다. 엄마의 목울대가 꿀렁거렸다. 연우는 살며시 눈을 감았다가 다시 떴다. 엄마에게 꼭 하고 싶은 말이 있었다.

"그런데 엄마."

엄마가 연우의 눈을 조용히 바라봤다.

"난 엄마 아픈 거 싫어. 아프면서까지 무리해서 일하고 승진하는 건 이모도 바라지 않을 거야. 난 엄마가 오래오래 내 옆에 있었으면 좋겠어. 아프지 않고. 이모도 엄마가 건강하고 즐겁게 사는 게 더 잘 사는 거라 생각할 거야."

연우는 이어지는 엄마의 반응을 바라볼 자신이 없어서 살며시 고개를 돌리고 눈을 감았다.

*

연우는 서울에 도착하자마자 서둘러 복지관으로 향했다. 지하철에서 내려 에스컬레이터도 타지 않고 전속력으로 계단을 뛰어 올랐다.

다시 확인해야 했다. 믿을 수 없는 일이지만, 기억 속에 있는 일기 내용을 정확하게 확인하고 나면 엄마에게도 말할 작정이다.

빌딩 숲을 지나 골목으로 들어갔다. 처음 이 동네에 왔을 때의 기억이 생생하게 떠올랐다. 영화에서나 보던 시간 여행? 그런 건 아니겠지. 아닐 거야. 그런 일이 벌어질 리 없잖아. 바쁘게 발이 움직이는 동안에도 머릿속에는 수만 가지 생각이 오갔다.

모퉁이 빛바랜 간판에는 어김없이 '이동 상회'라고 적혀 있었다. 몇 걸음 나아가자 넓적하고 흐릿하게 '늘행복소망복지관'이라 쓰인 나무 간판이 붙어 있는 낡은 시멘트색 건물이 있었다. 분명히 존재하고 있었다. 바로 어제, 미아와 작별 인사를 주고받았던 그 장소였다. 휴우, 연우는 자기도 모르게 긴 한숨을 내쉬었다.

두 손에 힘을 강하게 주고 미닫이문을 들어 올렸다. 문은 오늘도 끼이익 소리를 내며 힘겹게 열렸다. 1층의 한가운데에는 처음 왔을 때처럼 커다란 난로가 빨갛게 타고 있었다. 연우는 삐걱거리는 계단을 망설임 없이 올라갔다.

'제발, 그 자리에 있어 줘. 다시 확인할 수 있게 해 줘.'

교실에는 아무도 없었다. 망설임 없이 미아와 늘 앉던 기둥 뒷자리로 향했다.

'그렇다면 이 자리에서 일기를 쓰던 사람이…….'

의자에 앉자마자 또 끼이익 소리가 울려 퍼졌다. 두 손을 모으고 기도하는 심정으로 숨을 골랐다. 책상 속에 손을 넣었다. 몸을 눕히며 점점 더 깊숙이 손을 집어넣었다. 다시 자세를 고치고 똑바로 앉아 책상 속 여기저기를 손바닥으로 툭툭 쳤다.

하지만 텅 빈 소리만 들릴 뿐이었다. 쪼그려 앉아 두 눈을 동그랗게 뜨고 책상 서랍 안쪽을 들여다봤다. 아무것도 없었다.

미아가 앉던 자리도 살펴봤다. 손을 넣고 왼쪽부터 오른쪽까지 꼼꼼하게 훑었지만, 오랫동안 쌓여 있던 뽀얀 먼지가 지문에 진하게 묻어날 뿐이었다.

벌떡 일어난 연우는 앞뒤에 있는 자리까지 돌아다니며 책상을 전부 뒤졌다. 꼬깃꼬깃 구겨진 연습장, 오래된 책만 몇 권 찾았지, 그 어디에도 일기장은 없었다.

집에서도 종종 겪는 일이었다. 반드시 찾고 싶은 무언가는 곧바로 나타나지 않았다. 그럴 때마다 엄마는 원래 인생이 그렇게 쉽게 주어지지 않는 거라고 말하곤 했었다. 연우는 숨을 고르고 다시 처음부터 찾아볼 생각이었다. 침착하게, 차분하게 다시 확인해 보면 꼭 찾을 수 있을 것이다.

그때 끼이익 소리가 나면서 교실 문이 열렸다.

"뭐 잃어버렸어?"

인성 교육 선생님이었다. 몇 달 동안 익숙해진 목소리가 들려오자 마음도 스르르 녹아 버리는 느낌이었다. 하지만 연우는 뭐라고 대답을 해야 할지 알 수 없었다.

"잃어버린 게 뭔데?"

잃어버린 것? 잃어버린 게 뭘까. 처음부터 그 일기장의 주인은 따로 있지 않았는가. 결국 연우는 적절한 대답을 떠올리지 못하고 울음 섞인 미소를 지으며 조용히 고개를 가로저었다.

멍한 기분으로 복지관에서 나온 연우는 터벅터벅 골목을 걸으며 미아에게 전화를 했다. 미아는 기다리고 있었다는 듯이 반갑게 전화를 받았다.

"일기장이 없어."

"일기장?"

"다시 확인하려고 복지관에 왔는데, 일기장이 없어."

"주인이 가져갔나 보지. 근데 갑자기 왜? 다시 확인하려고?"

"놀라지 마. 나, 일기장에 나오는 사람들을 만난 것 같아."

"어어 진짜? 어디서?"

"장례식장에 갔었거든."

"뭐야. 그럼 누가 죽은 거야?"

"일기장에 경희, 정수 나왔던 거 맞지? 노란 손수건 기억 나?"

"노란 손수건? 그런 것도 나왔었나?"

"아니 왜. 청량리에서 처음 만났을 때 정수 오빠가 노란 손수건을 줬다고 분명히 있었잖아."

"노란 손수건은 잘 기억 안 나는데……. 아, 나 엄청난 걸 알아냈다! 바나나킥 처음 나왔을 때 포장이 빨간색이었대. 근데 엄청 옛날이야."

연우의 숨이 점점 가빠졌다. 일기장의 내용을 공유하고 있는 상대는 오직 미아밖에 없었다. 그런데 미아도 읽은 내용을 다 기억하고 있는 것은 아니었다. 실체가 사라진 상황에서 미아마저 기억하지 못한다면 이제 어떻게 되는 걸까.

"일기장 어디 다른 데 감춘 걸까? 그래도 그거 있어서 재밌었는데. 우리가 몰래 읽은 거 들켰나?"

휴대폰 너머로 미아의 웃음소리가 전해졌다. 연우의 머릿속이 빙 돌았다.

"연우짱, 듣고 있어?"

연우는 잠시 눈을 감았다. 순간적으로 몸이 비틀거리며 다리 옆에 무언가 물컹거리는 게 느껴졌다.

"으악!"

"왜 그래? 무슨 일이야?"

어느새 다가온 노란 고양이가 연우의 옆에 앉아 있었다. 연우의 비명 소리에도 아랑곳하지 않고 고양이는 초록색 눈을 빛내며 물끄러미 바라보고 있을 뿐이었다.

"고양이, 고양이."

"아, 그 고양이도 벌써 또 보고 싶다. 연우짱, 나 가도 이렇게 연락하기다. 나도 연락할게."

영양가 없는 대화만 이어지다 전화는 끊어졌다. 연우는 다시 눈을 감고 머릿속에 떠오르는 정보들을 하나씩 떠올려 봤다. 믿을 수 없었다. 진실이라도 아무도 믿어 주지 않는다면 아무것도 아닌 게 되는 걸까.

바닥에 쪼그려 앉아 고양이와 시선을 맞췄다. 고양이가 금방이라도 모든 걸 알려 줄 것 같은 느낌에 사로잡힌 연우는 터져 나오는 질문을 쏟아 내기 시작했다.

"일기장, 일기장 어디 있어?"

"그거 쓴 사람, 우리 이모 맞아?"

"그런데 어떻게 이모 일기가 지금 써질 수가 있어?"

"말이 안 되잖아. 그런 게 가능해?"

"야옹아, 너는 알고 있지? 일기 주인이 우리 이모인 거 맞지?"

이어지는 연우의 물음에 고양이는 마침내 입을 열었다. 하지만 야옹, 야옹 소리가 전부였다. 허탈함에 한숨을 내뱉은 연우는 다리에 힘이 풀려 그 자리에 주저앉아 버렸다. 그런 연우의 모습을 보던 고양이는 시선을 돌리더니 조금씩 멀어져 갔다.

17

퇴근한 엄마의 손에 케이크가 들려 있었다. 누워서 텔레비전을 보며 생각나는 대로 노래를 흥얼거리고 있던 연우는 벌떡 일어나 엄마에게 다가갔다.

"웬일로 케이크?"

엄마가 싱긋이 웃으며 연우에게 케이크를 건넸다.

"설마, 크리스마스라고?"

"크리스마스이기도 하고, 엄마 내년에 쉬기로 했다!"

엄마가 반짝반짝 손짓을 하며 생각지도 못한 대답을 했다. 몇 년 동안 본 엄마의 표정 중에 지금이 가장 밝다고 생각하며 연우도 덩달아 웃어 보였다.

"오오, 맛있다!"

연우는 감탄하며 케이크를 입에 넣었다. 연우 맞은편에 앉은 엄마도 흐뭇하게 미소 지었다.

"근데, 엄마 괜찮아? 쉬면 승진은 어떻게 되는 거야?"

"쉬면서 천천히 생각해 보려고. 너도 알다시피 엄마 할 만큼 했잖아. 그런데도 안 되면 어쩔 수 없는 거지. 사실 엄마 성격에도 너무 안 맞고……."

케이크를 먹던 연우는 엄마가 혹시 또 눈물을 보이는 건 아닐까 걱정되는 마음에 얼른 고개를 들었다. 하지만 엄마는 줄곧 밝은 표정이었다. 여전히 함박웃음을 짓고 있었다. 입안에서 생크림이 부드럽고 달콤하게 퍼졌다. 연우도 엄마처럼 웃었다.

"잘 사는 게 뭔지에 대해 생각을 많이 해 봤어. 이모는 엄마가 어떻게 사는 걸 바라고 있을까, 그것도 많이 생각해 봤고. 이전 시대의 산증인으로서 오랫동안 학생들 앞에 서는 게 더 의미 있겠다는 생각도 들더라. 엄마가 살아온 세월, 우리 언니 이야기가 잊히지 않게. 이 정도 했으면 이모도 인정해 줄 거야. 고생한 게 헛되지 않았다고 생각할 거야."

연우는 하얀 크림이 가득 묻은 입술을 동그랗게 벌리고 작게 감탄사를 보냈다.

"그리고 연우야, 엄마가 미안해."

연우는 입술을 삐죽 내밀고 물끄러미 엄마를 바라봤다.

"담임 쌤한테 연락받았어. 네 폰 가져갔던 게 해리라는 거. 그 말 듣고 얼마나 부끄러웠는지 몰라. 미안해. 네 말 안 믿어 줘서."

"괜찮아."

연우는 자기도 모르게 세 글자를 내뱉어 버리고는 깜짝 놀랐다. 이렇게 털털하고 화끈하게 사과를 받아 줄 거라고 생각한 적은 한 번도 없었는데.

"앞으로는 다른 사람들이 뭐라고 해도, 우리 딸 말 안 믿어 주는 일 없을 거야. 엄마가 정말 약속할게. 누구보다 우리 딸을 사랑하고 소중하게 생각하는 만큼, 이제 표현할 수 있게 노력할 거야."

엄마의 말에 어린 진심이 느껴졌다. 엄마가 먼저 손을 내밀었으니 이젠 그 손을 잡아야 할 때라고, 연우는 직감했다. 눈물이 날 것 같았지만 생크림처럼 달콤한 기분으로 고개를 끄덕였다. 엄마의 눈치를 살피며 연우는 궁금했던 질문을 던졌다.

"엄마, 근데 이모가 크리스마스 날 돌아가셨어?"

엄마의 눈동자가 잠시 흔들렸지만 입가에 지은 미소는 사라지지 않았다.

"응. 밖에서는 징글벨 노래가 울려 퍼지는데 그런 소식을 들으니 정말 세상이 거짓말 같더라."

연우는 어렴풋이 그 상황을 머릿속에 그려 봤다. 세상이 거짓말 같은 상황이라. 아직 인생을 오래 겪은 건 아니지만 어느 정도 이해할 수 있었다.

"엄마, 내일 나도 같이 가면 안 돼?"

연우의 질문에 엄마가 놀란 듯이 눈을 동그랗게 떴다.

"납골당에 같이 가자고?"

연우는 포크를 입에 문 채 고개를 끄덕였다.

"나도 궁금해. 그동안 말만 꺼내면 엄마가 너무 울기만 하니까 물어보지도 못했는데, 나도 이모 궁금하단 말이야. 크리스마스마다 혼자 집에 있는 것도 싫고."

엄마가 흐뭇한 표정으로 대답했다.

"그래. 그럼 내일 같이 가자. 옷 따뜻하게, 단정하게 입고."

*

마침 화이트 크리스마스였다. 많은 사람들이 기다리고 기다린다는 화이트 크리스마스.

하지만 연우는 이동하기만 불편해졌다고 습관적으로 툴툴댔다. 지하철을 타러 가는 길에 하마터면 넘어질 뻔했다. 엄마는 연우 손을 꼭 잡아 주며 조심하라고 말했다.

엄마와 눈이 마주친 순간, 연우는 자기도 모르게 일기장의 마지막 구절을 떠올렸다. 감사하다, 감사하다. 넘어질 뻔했지만 넘어지지 않아서 감사하다. 미끄러운 길에서 손을 잡아 줄 엄마가 옆에 있어서 감사하다. 이런 생각을 하는 스스로가 어이없어 얼굴에 피식 웃음이 번졌다.

엄마는 납골당에 가기 전에 매년 홍대 근처에 있는 미니어처

전문점에 들른다고 했다. 입구에서부터 아기자기하고 귀여운 미니어처들이 한가득했다. 연우는 입을 헤벌리고 하나씩 천천히 구경하기 시작했다.

연우는 노란 고양이 미니어처를 하나 들어 손바닥 위에 올렸다. 빛나는 초록색 눈과 늘어진 수염까지 정말 정교했다. 복지관 앞에 사는 고양이는 어떤 크리스마스를 보내고 있을까. 그 고양이를 떠올리며 미니어처 고양이의 머리를 부드럽게 손가락으로 쓸었다.

이제 다음 주면 미아는 한국에 없을 것이다. 막바지 준비가 많이 바쁜지 인성 교육이 끝난 이후로 한 번도 만나지 못했다.

하지만 수시로 연락하며 우정을 쌓아 가고 있다. 연락할 때마다 미아는 서은이와 함께 영국에 놀러 오라는 말을 잊지 않았다. 그럴 때면 미아를 떠나보내 아쉬운 마음이 영국 여행에 대한 기대감으로 바뀌었다.

옛날 교복을 입은 여학생 세 명이 나란히 서 있는 미니어처가 있었다. 제목이 '세 친구'였다. 진심으로 즐거워 보였다. 한 명이 키가 조금 큰 편이었고 두 명은 키나 생김새도 거의 비슷했다.

쌍둥이 같은 친구. 해리가 떠올랐다. 해리는 선생님께 사실을 자백했고 향기에게도 진심으로 사과했다. 벌로 교내 봉사를 2주 넘게 하는 것 같았다. 추운 겨울에 하려면 더 힘들 텐데, 불평 한마디 들리지 않았다.

연우와 눈이 마주칠 때면 해리는 입을 살짝 다물고 고개를 푹 숙였다. 연우는 해리로부터 몇 번의 메시지와 기나긴 편지 한 통을 받았지만 아직 마땅한 대답을 찾지 못하고 접어 두었다. 그렇지만 마음까지 접어 둘 수 있는 건 아니었다.

연우는 해리에게 받은 상처와 준 상처의 무게를 오랫동안 가늠해 봤다. 간단하게 정리될 수 있는 문제는 아니었다. 다만, 앞으로 해리는 절대 이런 행동을 하지 않겠다고 약속했으니, 스스로도 조금 더 노력하면 이전보다 해리와 더 좋은 친구가 될 수 있지 않을까? 그런 막연한 미래를 그려 볼 뿐이었다.

소심한 성격의 해리는 여태까지 왕따당한 경험이 없다고 했다. 잘못을 저질렀다고 해서 혼자 지내야 한다면 학교생활을 많이 힘들어했을 것이다. 다행히 해리 옆에는 서은이 있었다. 둘은 이전처럼 편안해 보이지는 않았지만 아직 함께 지내고 있었다. 가끔은 아무렇지 않게 향기가 그 사이에 끼기도 했다.

키가 조금 큰 편인 친구, 서은. 서은이 향기 편에 선 것은 오랜 친구를 지키기 위해서였을까. 불과 몇 달 전 일인데 벌써 몇 년은 지난 것만 같았다. 가을부터 있었던 일을 떠올리자 연우는 세상이 빙그르르 도는 느낌이었다. 아무것도 확실하게 알 수 없었다.

세 친구의 미니어처 앞에 휴대폰 카메라를 가져다 댔다. 작은 화면 안에 셋의 모습이 옹기종기 담겼다. 해리, 서은과 함께 있는 채팅방을 열었다. 9월 말 이후로 아무도 메시지를 남기지 않았다.

연우는 결심한 듯 입술을 깨물고 채팅방에 사진을 전송했다. 곧바로 한 명이 확인했다. 채팅방에 새로운 알림이 떴다.

[오, 어디야? 완전 귀엽다!]

서은이었다. 연우 역시 마치 아무 일도 없었던 듯이 담담하게 대답을 입력했다.

[홍대 앞 미니어처 하우스. 귀여운 거 완전 많아~ 메리 크리스마스!]

엄마가 다가왔다. 엄마 손에 들린 작은 바구니에는 맛깔스러운 음식이 가득한 제사상 미니어처가 담겨 있었다.
"아, 이거 이모한테 드리는 거구나?"
"응. 사고 싶은 거 있어?"
"아니, 딱히."
계산대로 향하는 길이었다. 한쪽 벽면에 과자 미니어처가 전시되어 있었다. 실제 포장과 거의 유사한 모습이 인상적이었다. 연우가 엄마 손을 잡아 잠시 멈춰 세웠다.
"엄마, 이모 무슨 과자 좋아했어?"
"과자? 과자보다는 풀빵 좋아했는데."
과자 종류를 눈으로 훑던 연우가 한곳을 응시했다.

"혹시 이모 이 과자 좋아하지 않았어?"

"어머, 이건 어릴 때 엄마가 좋아했던 거야. 이모가 서울에서 내려오면서 새로 나온 거라고 사다 줬거든. 옛날엔 포장이 빨간색이었어."

추억에 잠긴 듯 대답하는 엄마 얼굴을 보고 연우는 무언가 확신이 들었다. 노란 포장지로 만들어진 바나나킥 미니어처를 꺼내 들었다.

"난 이거 선물로 드릴래. 이모가 분명히 좋아하실 거야."

이모의 일기와 달리 어느 각도에서 봐도 명확한, 노란색 포장이었다. 계산을 기다리고 있는데 휴대폰 진동이 울렸다.

[메리 크리스마스!]

반짝이는 트리 이모티콘과 함께 짤막한 메시지가 도착했다. 보낸 사람은 해리였다. 입가에 미소를 머금은 연우가 휴대폰 화면을 닫으려고 했을 때, 다시 진동이 울렸다.

[내일 우리 떡볶이 먹으러 가는 거 어때?]
[나는 좋아.]

서은의 제안에 해리는 조심스럽게 긍정적인 대답을 보냈다. 연우도 서둘러 크게 동그라미를 그리고 있는 이모티콘을 전송했다. 진심으로 떡볶이가 그리웠다.

 엄마는 납골당에 들어오면서부터 말이 없었다. 멀리 있어도, 만나지 못해도 끝없이 애틋한 사람이 있는 법인가 보다. 엄마에게 이모는 그런 사람일 것이다. 이모에게 엄마 역시 그러했듯이. 연우는 엄마 손을 꼭 잡고 이모 앞으로 향했다.
 "언니, 오늘은 연우랑 같이 왔어. 우리 연우 많이 컸지?"
 이윽고 엄마는 두 손을 모으고 고개를 푹 숙였다. 이모에게 할 말을 전하는 듯했다. 연우도 덩달아 엄마와 같은 자세를 취했다.
 '이모, 고마워. 아무도 날 믿어 주지 않고 외면할 때 내 앞에 나타나 웃어 줘서. 날 다시 웃게 만들어 줘서. 또, 우리 엄마 많이 사랑해 줘서.'
 단발머리를 한 이모는 사진 속에서 푸근하게 웃고 있었다. 살짝 처진 눈꼬리가 착해 보이는 인상이었다. 연우는 고개를 갸웃거리며 이모의 모습을 어디선가 본 것 같다고 생각했다.
 "내가 이모랑 좀 닮았나?"
 엄마는 대답 없이 싱긋 웃어 보였다. 이모랑 닮았다는 생각이 왠지 기분 좋았다. 이 사진 한 장만으로 이모의 모습을 생생하게 떠올려 볼 수는 없지만.
 늘 감사하다는 말로 일기장을 끝맺었던 이모. 아프고 힘들어도 주저앉지 않았던 이모, 다른 사람을 배려할 줄 알았던 마음 따뜻한 이모, 그리고 누구보다 우리 엄마를 사랑했던 이모, 앞으로 이모와 더 많이 닮아 가고 싶은 마음이 들었다.

12월 25일 월요일
화이트 크리스마스

오늘부터 일기를 쓰기로 했다. 안 쓴 공책 중에 제일 표지가 선명하고 촌스러운 걸 일기장으로 정했다. 그런데 일기장을 어디에 숨겨야 엄마한테 들키지 않을까. 책상 서랍은 아닌 것 같은데. 음, 그래, 일단 두꺼운 자습서 사이에 끼워 놓아야지.
 일기를 쓰는데 마음이 왠지 두근거린다. 앞으로 이 일기장은 어떤 내용으로 채워질까. 나도 이모처럼 예쁘게 오래오래 일기를 쓸 수 있을까? 아직은 처음이라 무슨 말을 써야 할지 잘 모르겠지만.
 몇 달 사이에 나는 정말 엄청난 경험을 한 것 같다. 내가 겪은 신비로운 경험을 이 일기장에나마 털어놓고 싶다. 누가 이걸 본다고 생각하면 끔찍하긴 하지만, 언젠가는 누군가에게 어떤 의미로 다가갈 수도 있지 않을까. 최소한 일기를 쓰고 있는 나 자신은 변화시킬 수 있지 않을까.
 아무도 나를 믿어 주지 않고 외면할 때, 날 보고 웃어 주던

한 사람, 나를 웃게 만들어 준 한 사람, 어쩌면 우리 이모가 아니었을까.

이모와 엄마, 나는 세상 그 어떤 가위로도 끊을 수 없을 만큼 단단하게 연결되어 있음을 믿는다. 누구나 누군가에게는 한없이 소중한 존재인 것처럼 우리 세 사람이 서로에게 그러하다 믿는다.

오 마이 갓! 이렇게 진지한 일기를 쓰고 있는데 갑자기 카톡이 왔다. 김하준이다!!! '서울은 화이트 크리스마스라는데 즐거운 시간 보내고 있어? 메리 크리스마스!' 잊지 않기 위해 저장! 나는 뭐라고 대답을 보내야 하지? 흠, 흠, 십 분 정도 기다렸다가 답장을 쓸까. 이모, 제게 힘을 주세요!

엄마가 크리스마스 특집 요리로 무엇을 만드는지 달콤하고 고소한 냄새가 방까지 스며든다. 맛은 아직 그렇게 기대할 정도는 아니지만! 냄새는 끝내준다. 그럼 내일은 엄마 요리에 대한 평가부터 일기를 시작하는 걸로.

잊을 뻔했다. 감사하다. 모처럼의 화이트 크리스마스, 이모를 만난 것도, 엄마의 특집 요리도, 그리고 김하준의 메시지도!!! 감사하다, 정말 감사하다.

작가의 말

여태까지 가장 많이 쓴 글의 종류를 이야기하자면 '일기'를 빼놓을 수 없을 것이다. 초등학교 시절, 어쩔 수 없이 써야 했던 숙제부터 지난주에 끼적인 메모까지. 모두 모아 차곡차곡 쌓아 보면 어린아이의 키 높이 정도는 되지 않을까 가늠해 본다.

일기 검사에서 벗어난 중학교 시절, 새 일기장의 첫 페이지를 펼치던 그날을 아직 기억한다. 난생처음으로 솔직한 감정을 꾸밈없이 쏟아 낼 때의 그 쾌감은 오랫동안 잊을 수 없을 것이다. 그 이후부터 지금까지의 내 삶은 무언가 조금이라도 끼적이던 시기와 아무것도 쓰지 않던 시기가 불규칙적으로 반복되었는데, 전자의 경우가 확실히 더 선명하고 생생한 느낌이다.

부끄럽고 하찮은 생각이나 감정들을 쓰고 다듬고 되새겨 온 덕분에 조금씩 앞으로 나아갈 수 있었던 게 아닐까. 물론, 지금도 아직 한참 부족하고 어리석은 모습투성이지만…….

　일기에는 사람을 변화시키는 힘이 있다고 믿는다. 그 힘이 어쩌면 글쓴이로부터 뻗어 나와 소중한 사람에게까지 전해질 수도 있지 않을까 하는 상상에서 『오늘도 열리는 일기장』은 시작되었다.

　힘든 상황에서도 감사하다는 마음으로 무장한 채 스스로를 다독이던 숙이 이모의 일기는 평범한 중학생 연우를 성장시켰을 뿐만 아니라 어느덧 중년에 접어드는 내게도 값진 깨달음으로 다가왔다. 이 마음이 독자 여러분께도 전해지길 바란다. 부디, 오늘도 우리의 일기장이 열리기를.

　마지막으로 폴더 깊숙이 잠들어 있던 글을 세상 밖으로 꺼내 주신 자음과모음 출판사, 늘 따뜻한 응원으로 내 글을 읽어 주는 우리 가족, 지금 이 순간에도 이 문장을 눈으로 따라 읽고 있을 소중한 독자님들께 깊은 감사의 마음을 전한다.

2025년 여름의 문턱에서
조영미

오늘도 열리는 일기장

© 조영미, 2025

초판 1쇄 인쇄일 | 2025년 6월 23일
초판 1쇄 발행일 | 2025년 7월 3일

지은이 | 조영미
펴낸이 | 정은영
편　 집 | 임종현 김수진
디자인 | 홍선우
마케팅 | 최금순 이언영 연병선 송의정 김정윤
저작권 | 신은혜
제　 작 | 홍동근

펴낸곳 | (주)자음과모음
출판등록 | 2001년 11월 28일 제2001-000259호
주　 소 | 10881 경기도 파주시 회동길 325-20
전　 화 | 편집부 (02)324-2347, 경영지원부 (02)325-6047
팩　 스 | 편집부 (02)324-2348, 경영지원부 (02)2648-1311
이메일 | jamoteen@jamobook.com

ISBN 978-89-544-5345-5 (43810)

잘못된 책은 구입한 곳에서 교환해 드립니다.
이 책의 판권은 지은이와 (주)자음과모음에 있습니다.
책 내용의 전부 또는 일부를 사용하려면 반드시 양측의 동의를 받아야 합니다.